LE
PETIT LOUIS

OU

BIENVEILLANCE ET PROTECTION

PAR

S.-A. NONUS

Lauréat de diverses Sociétés

SUIVI D'UN

Choix de POÉSIES destinées à l'Enfance

Ouvrage couronné par la Société protectrice
des Animaux.

CHALON-SUR-SAONE

P. BOYER-JANNIN Fils, Libraire-Éditeur
9, Place de Beaune, 9

—

1876

8° S

260

LE
PETIT LOUIS

OU

BIENVEILLANCE ET PROTECTION

PAR

S. A. NONUS,

Lauréat de diverses Sociétés.

Ouvrage couronné par la Société protectrice
des Animaux.

CHALON-SUR-SAONE

P. BOYER-JANNIN Fils, Libraire-Éditeur

9, Place de Beaune, 9

1875

Chalon-s-S., imp. L. LANDA.

A Messieurs les Membres de la Société protectrice des Animaux.

MESSIEURS,

Lauréat de la Société protectrice des Animaux, permettez-moi de vous dédier ces pages.

Elles sont principalement écrites en vue de cette pensée de votre programme : Inspirer aux enfants des sentiments de bienveillance et de protection à l'égard des Animaux et des Oiseaux.

Daignez donc, Messieurs, agréer l'hommage de ce manuscrit. Je m'estimerais heureux si vous le jugiez digne de concourir à votre œuvre.

A. NONUS.

LE
PETIT LOUIS

LE PÈRE DU PETIT LOUIS.

Jean Dervin, était le fils unique de Jérôme Dervin et de Marie Blancheton.

A 20 ans, Jean tira à la conscription, prit un mauvais numéro et fut déclaré propre au service. La tristesse s'empara de lui à l'idée de quitter ses parents, et lorsque la feuille de route arriva, les larmes tombèrent, abondantes, de tous les yeux.

Mais Jean fut comme sont tous les conscrits français : quelques mois passés au régiment, suffirent pour l'aguerrir contre tous les dangers. Il fit partie de l'expédition de Crimée et lorsqu'il rentra en France, il avait les galons de maréchal-des-logis.

Son congé fini, il revint auprès de ses parents. Ce fut une grande joie pour tous : les uns retrouvaient un fils chéri, leur espoir et leur unique amour; l'autre revoyait un père et une mère qu'il adorait.

Et puis, si Jean revenait paré de son titre de soldat, de ses galons et de ses actions d'éclat, il ne rapportait pas du régiment les mauvaises habitudes que l'on y contracte trop souvent. C'était toujours le même jeune homme, pieux, courageux, rangé, honnête et économe.

Un fermier du pays, qui savait apprécier ces brillantes qualités, lui donna en mariage sa fille unique et leur céda sa ferme.

De ce mariage, Jean a un fils, le petit Louis, notre héros, et une fille, la petite Louise.

JEUX PRÉFÉRÉS PAR LE PETIT LOUIS.

Le petit Louis et sa sœur étaient tendrement aimés de leurs parents, tous les gens de la ferme les choyaient.

Mais autant la petite Louise était douce et paisible, autant le petit Louis était turbulent et méchant.

Sa sœur eût joué des journées entières avec sa poupée, qu'elle habillait, pour déshabiller ensuite; qu'elle habillait de nouveau avec une autre robe, pour la déshabiller encore.

Et ces robes, c'était elle-même qui les faisait, aidée par sa mère lorsqu'elle était embarrassée. Aussi était-elle joyeuse et même fière de son Bébé, comme elle appelait sa poupée.

Le petit Louis n'avait que faire de jeux si paisibles. Dès le matin, un fouet ou un bâton à la main, il allait dans la basse-cour, frappait et poursuivait tout ce qu'il rencontrait : porcs, oies, poules et poulets.

Un jour, il trouva dans le hangar une couvée de douze jolis poulets. Contre son habitude, il s'amusa un instant à les regarder courir çà et là et revenir près de leur mère au premier appel de celle-ci. Mais son mauvais naturel reprit bientôt le dessus. Il se mit à frapper les petits avec son fouet, ne cessant qu'intimidé par la défense de la mère, qui lui sauta presque à la figure. Son jeu avait cependant duré trop longtemps, deux poulets étaient tués, trois ou quatre pouvaient à peine se traîner.

Plein de dépit d'être obligé de reculer devant une poule, Louis va plus loin recommencer avec une couvée d'oies. Il eut encore moins de réussite qu'avec les poulets; car, au premier coup de fouet, les oisillons se jetèrent dans la mare, près de laquelle ils se trouvaient, et notre petit cruel n'eut d'autre ressource que de leur jeter des pierres qui, heureusement, ne les atteignirent pas.

LOUIS DANS LA CHAMBRE.

On ne tarda pas à s'apercevoir du carnage que Louis avait fait parmi les poulets.

Nous avons dit que ses parents l'aimaient beaucoup, mais cinq ou six poulets de moins, c'était trop. Il fut enfermé dans une chambre, avec un morceau de pain sec pour son goûter.

Malheureusement, Louis n'était puni que parce qu'il avait tué les poulets; on ne lui avait pas dit combien il est cruel de faire souffrir inutilement les animaux, et ce n'était pas pour corriger ses mauvais instincts que la punition lui était infligée.

Aussi, une fois dans la chambre, il se dit : « Ah! ah! je ne m'ennuierai pas ici! il y a des mouches en grande quantité, comme je vais

m'amuser ! » Et le voilà à l'œuvre !
Il prend des mouches, et, le petit
bourreau ! sans songer aux souffrances qu'il leur fait endurer, leur
arrache les ailes, les pattes, et
prend plaisir à les voir ainsi muti-
lées, sauter sur une table.

Cependant, cet amusement ne
tarda pas à le fatiguer ; il réfléchis-
sait à en trouver un autre, lorsqu'il
aperçut un paquet d'épingles sur
le rebord de la cheminée. « J'ai trouvé ! » dit-il ; et voilà, de plus belle,
qu'il reprend des mouches, les enfile
avec les épingles, qu'il fait traîner,
ou avec lesquelles il les cloue sur la
table.

Mais comme toute mauvaise action porte souvent son châtiment, notre petit drôle ne tarda pas à trouver le sien.

Sur une des fenêtres, se trouvait une mouche beaucoup plus grosse que les autres. Louis ne sachant pas que c'était une abeille, voulut aussi s'en emparer. « Celle-ci, dit-il, traînera bien deux épingles. » Mais l'abeille n'était pas disposée à se prêter à ce jeu ; de son aiguillon elle piqua le petit meurtrier au-dessus de l'œil. Les mouches étaient vengées.

Louis se mit à pleurer ; sa mère accourut à ses cris et il lui montra la grosse mouche qui l'avait piqué.

— Ce n'est pas une mouche, mon fils; c'est une abeille.

— Comme celles que nous avons dans le jardin ?

— Oui; prends bien garde d'en vouloir prendre encore.

Et tout en parlant, elle frottait la piqûre avec de l'eau vinaigrée, et Louis en fut quitte pour une petite douleur.

LOUIS EST MORDU PAR UN CHIEN.

Louis ne se plaisait qu'à jouer avec les chiens de la maison ; mais Dieu sait si c'était un jeu pour ceux-ci ! Il leur tirait les oreilles,

les traînait par la queue, les attachait par le cou et les faisait courir
avec son fouet ! Parfois même, il
leur faisait traîner des boîtes, des
casseroles ou d'autres objets plus
lourds. Et ces pauvres bêtes, en
serviteurs patients et soumis,
souffraient tout.

Un jour, qu'il jouait près de la
rivière, Louis voulut jeter son chien
dans l'eau ; il glissa et ce fut lui
qui y tomba. Le courant l'entraî-
nait. Médor compris le danger
que courait son jeune maître : il
se jeta dans l'eau, nagea vers lui,
et le ramena sur le bord. L'animal
était meilleur que l'enfant, mais le
danger auquel celui-ci venait d'é-

chapper ne suffit pas pour le guérir.

Sa méchanceté allait bientôt lui causer de nouveaux chagrins.

Un jour de fête, son père le mena visiter un ami dans un village voisin. Vous dire sa joie, serait impossible : il se promettait des courses, des jeux de toutes sortes, etc. A peine furent-ils descendus de voiture, que Louis aperçut le chien couché sur le fumier. C'était un gros mâtin, de taille à se défendre contre les loups. Louis s'en approcha doucement et, en guise de caresses, lui tira les oreilles de toute sa force. Mais ces caresses ne furent pas du goût de l'animal qui prit notre petit barbare par la jambe et lui fit la plus belle morsure qu'on puisse voir. La jambe enfla rapidement et, au lieu de courir et de jouer, comme il se l'était promis, Louis, à son grand regret, dut se résigner à rester assis. Il en fut ainsi pendant plusieurs jours.

L'ATTAQUE DES ABEILLES.

Quinze jours plus tard, Louis était dans le jardin, courant et sautant de tous côtés, ne faisant nulle attention aux recommandations que sa mère lui avait faites.

Lorsqu'il arriva près du rûcher,

il se ressouvint qu'une abeille l'avait piqué dans la chambre où on l'avait enfermé, après le carnage des poulets.

Une idée de vengeance germa aussitôt dans son esprit. « Ah ! les méchantes bêtes ! dit-il, je vais prendre ma revanche ! » Et avec le manche de son fouet, qu'il ne quittait presque jamais, il veut empêcher les abeilles de rentrer dans les ruches et en faire sortir celles qui s'y trouvent.

Mais, irritées, furieuses d'être dérangées dans leur travail, celles-ci l'attaquent en foule et le couvrent de piqûres, de telle sorte qu'il en tomba malade.

Il souffrit beaucoup et ce ne fut qu'avec peine qu'on parvint à lui sauver la vie.

LOUIS VA A L'ÉCOLE.

Louis avait bientôt sept ans, Lorsqu'il fut bien rétabli, on l'envoya à l'école.

L'école !!.. Lire, travailler, étudier, obéir, ne plus jouer, ce n'était pas l'affaire de Louis. Et puis, à l'école, il n'y avait ni fouet, ni bâton; il n'y avait ni chien, ni poulet à maltraiter. Il essayait bien de se rattraper auprès de ses camarades;

mais ceux-ci ne voulaient pas se prêter à ses caresses d'un nouveau genre. Dans les récréations, aucun ne voulait jouer avec lui, et souvent il recevait au centuple les coups qu'il donnait.

Cela, il est vrai, n'arrivait que l'hiver ; car le printemps venu, Louis entrait bien rarement dans la classe.

Malheureusement pour lui, il avait fait connaissance avec Maurice Toinet, que ses parents laissaient vagabonder, sans s'occuper nullement de son éducation.

Une fois avec lui, Louis oubliait l'école, les recommandations de ses parents, pour courir les champs, les bois ; pour épier les buissons, les arbres, les taillis, écorchant les grenouilles toutes vives, pour les relâcher ensuite soit dans l'eau, soit sur le chemin ; s'emparant des nids, prenant les œufs ou les petits, pour jouer au *jeu du borgne*. Ce jeu barbare consistait à se cacher les yeux, et, armés d'un bâton, à chercher à écraser les œufs ou les petits.

Vous frémissez, mes enfants, à cette cruauté ; et cependant, c'était là les jeux préférés par le petit Louis. Aussi, à dix ans ne savait-il pas encore lire.

LES OISEAUX ET LA FAMINE.

Louis avait eu dix ans à la St-Martin, et, cet hiver, comme d'ailleurs les précédents, il était assez assidu en classe; et la raison, c'est qu'il n'y avait plus de nids et que le froid et la neige l'empêchaient de courir les champs.

Louis souffrait bien d'être ainsi privé de ses jeux préférés et s'en promettait beaucoup pour le printemps.

Mais le printemps revenu, il n'eut plus le loisir de faire l'école buissonnière. Ses parents avaient compris qu'il était urgent de le corriger de ses mauvaises habitudes, et, exerçant sur lui une active surveillance, ils le conduisaient jusqu'à la classe. De sorte que, Louis, se voyant dans l'impossibilité de rejoindre ses anciens compagnons, s'en fit d'autres à l'école, et sembla prendre plus de goût aux leçons de l'instituteur. Ces leçons, d'ailleurs, étaient très-attrayantes et attachaient les élèves.

Un jour du printemps, il leur raconta l'histoire suivante :

Dans une certaine contrée, il y avait un joli village, au fond d'une vallée, entouré de véritables bosquets d'arbres fruitiers. Au prin-

temps, tous ces arbres se cou-
vraient de fleurs, et sur les branches nichaient une foule de petits
oiseaux. Les pinsons, les fauvettes,
les rossignols, les étourneaux, les
moineaux répandaient dans les jardins la vie, le mouvement et la
gaieté.

En automne, ces arbres étaient
chargés de pommes, de poires et
d'un grand nombre d'autres fruits.

Mais de méchants petits garçons se mirent à dénicher les oiseaux. Ceux-ci, ne pouvant se décider à perdre leurs nids, berceaux
de leur jeune famille, quittèrent le
pays. On n'entendit plus leurs chants
dans les belles matinées du prin-

temps ; les jardins, les vergers, les bois devinrent silencieux.

Ce ne fut pas tout : les chenilles, auxquelles les oiseaux ne faisaient plus la chasse, se multiplièrent d'une manière effrayante, dévorèrent les feuilles, les fleurs, de sorte que les arbres, même aux plus beaux jours de l'été, étaient nus et dépouillés de leur feuillage comme au milieu de l'hiver. Les insectes étaient en jubilation.

L'automne vint ; mais il n'y avait pas de fruits sur les arbres. Il en était de même des fourrages, des blés et des légumes. C'est assez dire que l'année fut très-mauvaise, et les enfants continuant la guerre aux quelques nids qui leur avaient d'abord échappé, les suivantes furent plus mauvaises encore ; aussi y eut-il gêne dans bien des fermes et misère dans beaucoup de maisons.

Ces tristes résultats montrèrent aux mauvais garnements que la cruauté, même envers les animaux, attire toujours sur ceux qui s'en rendent coupables, les plus terribles châtiments.

MAURICE LE DÉNICHEUR.

Un dimanche du mois de mai, à l'issue de la messe, le garde-champêtre rappela les habitants à l'exécution de la loi qui défend d'enlever les nids des oiseaux.

Cependant, dans l'après-midi, Maurice Toinet, que nous connaissons déjà, et que, à deux lieues à la ronde, on désignait sous le nom de Maurice le dénicheur, rencontra Louis en compagnie de deux autres, qui n'étaient pas encore convertis aux idées protectrices.

« Eh ! eh ! dit-il, suivez-moi, nous ferons une bonne récolte aujourd'hui. J'ai vu dans le verger de Mathurin plusieurs nids de pinsons, et tout le long de la haie, il y a des nids de fauvettes plus qu'on en veut. Allons ! en avant !

— Mais, dit Louis timidement,

le maître nous a dit qu'on ne doit pas faire la guerre aux oiseaux. — Hein ! que dis-tu là ? Si tu voulais écouter tout cela, tu ne t'amuserais jamais. — Mais, objecta Jules, et le garde-champêtre qui a publié ce matin... — Laisse-le dire ! en avez-vous peur ? Marchons ! — Et pour ne pas avoir l'air de peureux, ils le suivirent tous trois.

Lorsqu'ils eurent couru quelques instants : « Tenez, dit-il, voici un nid de pinsons ; je vais grimper sur l'arbre, et vous autres, vous monterez la garde. »

Leste comme un écureuil, il allait atteindre le nid, lorsqu'on cria : « Sauve qui peut! c'est le père Jérôme ! »

C'était en effet le père Jérôme qui arrivait.

Aux cris de ses camarades, Maurice qui voulut descendre au plus vite, se laissa tomber. En le ramassant, le père Jérôme s'aperçut qu'il avait la jambe cassée. Il le mit sur ses épaules et le porta chez lui. Maurice le dénicheur souffrit longtemps et put à peine marcher de l'été.

LES MANGEURS D'INSECTES.

Le lendemain, l'instituteur, après avoir parlé à ses élèves de l'accident de la veille, les entretint des services des oiseaux.

Dieu, dit-il, a donné à l'homme, dans l'oiseau, un allié fidèle, un puissant auxiliaire qui s'acquitte à merveille de l'œuvre de destruction des insectes que lui, l'homme, ne saurait accomplir. L'oiseau est l'unique champion créé par la nature pour nous sauver de la famine, en préservant nos récoltes de l'innombrable armée des insectes.

Une hirondelle détruit cinq cents insectes par jour ; le martinet en consomme également près de cinq cents. Une mésange consomme plus de deux cent mille larves ou œufs d'insectes en une seule année ; elle fait l'inspection des branches, tourne et retourne les feuilles des arbres avec le plus grand soin et détruit les œufs des insectes fixés en anneaux autour des plus petites branches. En vingt et un jours, temps nécessaire aux mésanges pour élever leurs petits, une seule nichée de ces oiseaux consomme quarante - cinq mille chenilles.

Le loriot fait justice des insectes destructeurs des bois ; les roitelets, les fauvettes, les rouges-gorges, les grimpereaux cherchent les larves qui se trouvent sur les arbres à fruits ; le rossignol détruit les larves des rongeurs et des fourmis ; le merle purge les feuilles et recherche les vers et les limaces ; le loriot détruit la pyrale des vignes ; le pic, dans les bois, nettoie le creux des arbres et détruit les insectes qui nuisent le plus aux forêts ; le vanneau mange le taret, si nuisible aux constructions maritimes, et les étourneaux débarrassent les moutons de la vermine qui les infeste.

L'engoulevent fait une guerre active aux insectes crépusculaires et poursuit à outrance les hannetons, les phalènes, que la fraîcheur du soir met en mouvement.

Le coucou est surtout utile pour

la destruction des chenilles cou-
vertes de poils longs et piquants
qui répugnent aux autres oiseaux,
et notamment aux processionnaires,
si funestes aux forêts.

Dans la Poméranie, en 1847,
une forêt de sapins souffrit tellement des attaques des chenilles,
qu'elle commençait déjà à se des-
sécher, lorsqu'elle fut sauvée par
une bande de coucous qui, quoique
en émigration, s'établirent dans la
forêt et, en quelques semaines,
nettoyèrent si bien les arbres que,
l'année suivante, le mal ne se
renouvela plus.

Et tous ces oiseaux, dont l'insecte est le pain, ne touchent

jamais ni aux grillets, ni aux bou-
siers, ni à la coccinelle (bête au
bon Dieu) qui sont des insectes
utiles.

Qui le leur a montré, si ce n'est
Dieu !

LE MOINEAU ET AUTRES AMIS.

Un autre jour l'instituteur reprit :

De tous les oiseaux, mes jeunes
amis, le moineau est le plus mal
famé de tous, et on l'accuse d'être
un effronté voleur. Il vaut cependant mieux que sa renommée.

Un couple de moineaux détruit

par semaine, pour se nourrir lui et sa couvée, trois mille vers environ. Il donne à une seule couvée, outre bien d'autres insectes, sept cents hannetons, et un hanneton produit de soixante-dix à cent œufs, bientôt transformés en vers blancs, qui, pendant une ou deux années, vivent exclusivement aux dépens des racines de nos végétaux les plus précieux.

En Hongrie et dans le pays de Bade, sa tête fut mise à prix. Pour échapper à la mort, ce malheureux mais intelligent proscrit quitta le pays.

Les auteurs de cette proscription ne tardèrent pas à s'en repentir. « Bientôt on reconnut que lui seul pouvait soutenir la guerre contre les hannetons et les mille insectes ailés des basses terres; et ceux - là mêmes qui avaient établi des primes pour le détruire, durent en établir de plus fortes pour en opérer le rapatriement. Ce fut une double dépense, châtiment ordinaire des mesures précipitées. » (1)

Le Grand-Frédéric, lui-même, leur déclara la guerre parce qu'ils « ne respectaient pas son fruit favori, la cerise. Naturellement, les moineaux ne songèrent pas

(1) Bonjean. — Rapport au Sénat.

à résister au vainqueur de l'Autriche ; ils disparurent ; mais au bout de deux ans, non-seulement il n'y eut plus de cerises, mais encore il n'y eut presque point d'autres fruits : les chenilles les mangeaient tous, et le grand roi, vainqueur sur le champ de bataille, s'estima heureux de signer la paix au prix de quelques cerises, avec les moineaux réconciliés. »

D'ailleurs, les services de ces oiseaux sont si grands, qu'il ne faut pas regretter le faible prélèvement qu'ils peuvent faire sur nos récoltes : c'est leur salaire, et leur salaire bien légitime. Ne payons-nous pas nos gardes-champêtres pour qu'ils soignent nos champs, nos propriétés ? Eh bien ! les oiseaux sont les défenseurs nés de nos récoltes.

Si, d'ailleurs, les moineaux viennent trop entreprenants, nous avons mille moyens pour les effrayer. Voici le plus infaillible :

« Il suffit de suspendre aux branches des arbres que l'on veut protéger, de longs fils de laine ou de coton assez gros et de couleur voyante ; sur les couches ensemencées, on les fixe avec de petits bâtons fichés en terre, de distance en distance, à trois pieds l'un de l'autre ; sur les espaliers, on les enroule au sommet des rameaux.

« Les moineaux, qui ne craignent plus les mannequins et les autres engins, employés ordinairement pour les effaroucher, ne s'approcheront pas des arbres où ils croiront apercevoir un piège fait avec des ficelles de couleur. »

Les pigeons, sauvages et domestiques, dont l'utilité avait aussi été méconnue, ne vivent, pendant toute l'année, que de semences de mauvaises herbes, bluet, nielle, etc. Il suffit de les tenir au colombier au moment des semailles.

Les corneilles sont peut-être, de tous les oiseaux, ceux qui détruisent le plus de vers blancs. Elles fouillent la terre pour s'en saisir, principalement à l'époque de leur transformation en hannetons.

La perdrix, la caille, le râle des blés, comme celui des genêts, ne font aucun tort au cultivateur ; au contraire, ils détruisent en grande quantité les insectes, les vers, les limaces et les semences des mauvaises herbes. Ces oiseaux ont donc plus d'importance pour l'agriculteur que de valeur pour le chasseur qui les tue ; et, dans l'intérêt de l'agriculture, on devrait en tuer moins et protéger leurs nids.

LE NID DE FAUVETTES.

Le petit Louis alla passer les fêtes de la Pentecôte chez une tante de sa mère, qui habitait au bourg voisin.

Le lundi soir, il rentra tout essoufflé :

— Ma tante ! ma tante ! voyez ce que je tiens à la main !

— Une fauvette ! où l'as-tu prise ?

— J'ai trouvé ce matin un

nid dans la haie du jardin ; j'ai attendu la nuit, et, en m'avançant tout doucement, je viens de prendre l'oiseau.

— Etait-il seul dans son nid ?

— Il y avait des jeunes ; mais comme ils n'ont pas de plumes, je ne crains pas qu'ils m'échappent.

— Et que veux-tu faire de cet oiseau ?

— Le mettre dans une cage.

— Et les pauvres petits ?

— Je les prendrai et je les nourrirai. Je cours les chercher.

— Mais, mon cher ami, tu n'en auras pas le temps.

— Oh ! ma tante, ce n'est pas loin.

— Tu ne sais donc pas que les gendarmes vont venir te prendre. Ils sont peut-être déjà à la porte.

— Des gendarmes me prendre !

— Oui, mon petit ami, ta mère et ta sœur sont déjà en prison et on va venir te chercher pour t'y mettre aussi.

— Oh ! les méchants !

— On ne te fera pas de mal. Tu auras à manger et à boire autant que tu voudras. Seulement tu ne pourras pas sortir.

Et comme le petit Louis pleurait, sa tante lui dit : « Qu'as-tu donc ? Est-ce un grand malheur que d'être enfermé quand on a à manger et à boire à discrétion ? Ne comprends-tu pas que les gendarmes agissent envers ta mère, ta sœur et toi, comme tu le fais envers cet oiseau et ses petits ! Ainsi, si tu les appelle méchants, il faut que tu prononces le même mot pour toi. »

L'enfant pleurait toujours. « Oh ! ma tante, je vais lâcher la fauvette ; et aussitôt, il la fait envoler par la porte.

Sa tante l'embrassa alors et lui dit : « Rassure-toi, mon ami, je te faisais un conte. Ta mère et ta sœur ne sont pas en prison, tu ne seras pas enfermé. J'ai voulu te faire comprendre combien tu étais méchant de vouloir emprisonner ce pauvre petit oiseau. Il aurait été tout autant affligé que toi si l'on t'avait enfermé. As-tu pensé aux douleurs de l'époux, des petits et de la mère séparés! As-tu pensé aux souffrances que tu faisais endurer aux jeunes oiseaux quand tu les écrasais avec une baguette! Cela ne t'est certainement jamais venu à l'esprit, ou sinon tu n'aurais jamais été si cruel; n'est-ce pas, mon ami?

— Non ma tante, je ne savais pas cela.

— Eh bien ! ne l'oublie jamais. N'oublie pas que les oiseaux ont été créés pour jouir de la liberté et que ceux qui les enferment ou les font souffrir sont des méchants.

LE PETIT AVEUGLE ET LES PRISONNIERS.

Le petit Louis avait maintenant la certitude qu'il n'irait pas en prison ; cependant, il n'était pas tranquille et avait peine à s'endormir.

Les leçons de son maître lui revenaient à la mémoire; puis sa tante ne lui avait-elle pas dit qu'il est mal de faire souffrir les animaux! Et le souvenir de ses cruautés le rendait triste. N'avait-il pas tourmenté les chiens, écrasé de jeunes oiseaux, broyé d'autres dans des pièges, écorché des grenouilles vivantes.

Le lendemain, il sortit se promener avec sa tante. A l'angle d'une rue, était assis un garçon de treize à quatorze ans, qui présentait son chapeau aux passants. La tante y' déposa son aumône.

Lorsqu'ils se furent remis en

marche, le petit Louis lui dit :

« Pourquoi donc, ma tante, ce garçon mendie-t-il ?

— C'est qu'il est pauvre et qu'il a le malheur d'être aveugle.

— Et pourquoi est-il devenu aveugle ?

— Ah ! mon enfant, c'est terrible. Nous allons nous asseoir sur un des bancs de la promenade que tu vois là-bas, et je te conterai son histoire. Tâche d'en faire ton profit.

Lorsqu'ils furent assis, la tante commença ainsi :

« Ce petit garçon s'appelle Jules. Ses parents sont pauvres, et comme ils allaient travailler du matin au soir et qu'ils ne pouvaient le surveiller, il faisait souvent l'école buissonnière. L'été surtout, il passait toutes ses journées à dénicher les nids ; méchant et cruel, il prenait le plus grand plaisir à crever les yeux des petits oiseaux qu'il trouvait. Le soir, sa mère le grondait et lui disait : « Méchant enfant, si tu ne te corriges pas, je te prédis que Dieu te punira. » Mais Jules riait en secret des avertissements de sa mère ; et se retrouvant toujours, le lendemain, seul et sans surveillance, il devenait plus méchant de jour en jour.

Une fois, qu'il était dans la forêt à dénicher des nids, il en découvrit

4

un au sommet d'un grand chêne.
Grimper sur l'arbre, arracher du
nid l'un des petits qui s'y trouvaient
et le jeter violemment à terre, fut
l'affaire d'un instant. Il allait en
faire autant pour les autres, lorsque
le père et la mère arrivèrent. C'é-
taient des oiseaux de proie. Ils se
jetèrent sur le méchant Jules et lui
crevèrent les yeux à coups de bec
et de serres.

— Tu vois, ajouta la tante, que
le méchant est toujours puni.

Le petit Louis était encore tout
ému de ce qu'il venait d'entendre,
lorsqu'ils arrivèrent en face de la
caserne de gendarmerie. Là, un
nouveau spectacle frappa sa vue et

ce qu'il voyait était bien propre à le faire renoncer à ses habitudes de dénicher. Deux gendarmes amenaient deux petits garçons en prison.

La tante demanda au brigadier ce qu'ils avaient fait. — « Ce sont, dit-il, deux mauvais garnements qui passent toute la journée à enlever les nids et les couvées. »

Louis tremblait. Un peu plus loin, sa tante lui dit : « Voilà ce qui t'arrivera un jour si tu ne te corriges pas. Tu ne voudrais cependant pas aller en prison ?

— Oh ! non, ma tante ; mais, soyez-en sûre, je ne tourmenterai plus les oiseaux.

LE CHIEN SAUVEUR.

La crainte avait donc fait naître de bonnes résolutions chez Louis ; une nouvelle circonstance vint fixer ces bonnes résolutions et faire de lui le meilleur champion des idées protectrices.

La veille de son retour chez ses parents, sa tante le conduisit à la ville. Il éprouva une grande joiè, car il n'y était jamais allé. Les rues pavées, les hautes maisons, les devantures des boutiques si multipliées, toute cette animation qu'il ne connaissait pas, tout le charmait, tout l'occupait.

Après l'avoir promené dans les rues principales, sa tante le conduisit au petit port de la rivière. Les bateaux, les mariniers lui offrirent de nouveaux objets d'admiration.

En suivant la berge pendant quelques instants, ils arrivèrent près d'une barque montée seulement par un enfant d'une quinzaine d'années. Un chien l'accompagnait. L'enfant voulait s'en défaire et comme, sans doute, l'endroit lui parut convenable, il le jeta à l'eau. Mais l'animal, revenant au-dessus, nagea vers la barque et cherchait à y remonter lorsque le jeune marinier se mit à le frapper sur la tête avec sa rame. Ses mouvements lui firent perdre l'équilibre et il tomba à la rivière. Il se serait infailliblement noyé, si son chien, oubliant ses mauvais traitements, ne l'eût ramené sur la berge.

Le tante de Louis ne lui dit que ces mots qu'il sut comprendre : « As-tu vu ? L'enfant voulait noyer le chien, et le chien le sauve de la mort. Quelle leçon ! »

LE JARDINIER ET SON ANE.

Dans le village de petit Louis, il y avait un jardinier qui n'épargnait à son âne ni les coups ni la charge. Dans sa jeunesse, cet âne

était gai et plein de gentillesse ;
mais les mauvais traitements lui
avaient fait perdre toutes ses belles
qualités que, sans eux, il conser-
verait toujours.

Un jour que le jardinier allait au
marché du bourg voisin, il le char-
gea d'une telle quantité de légumes
que la pauvre bête était comme
ensevelie sous sa charge et qu'on
n'apercevait plus que ses oreilles
et le bout de ses pattes.

Chemin faisant, ils passèrent près
d'un bosquet de saules. « Voilà bien
mon affaire, se dit le jardinier, je
vais couper quelques fagots pour
en faire des liens ; le poids n'en
est pas trop considérable, mon bau-

det supportera bien ce surcroît de charge. "

Un peu plus loin, la route longeait des touffes de coudriers. Le jardinier en choisit quelques douzaines de baguettes minces, dont il voulait faire des appuis pour ses fleurs. « Elles sont si légères, dit-il, que l'animal ne le sentira pas. "

Cependant la chaleur du soleil augmentait de plus en plus. Le jardinier ôta son manteau et le jeta par dessus le tout.

Mais à peine avait-il fait quelques pas que l'âne, trébuchant sous le poids de la charge, alla heurter contre un tas de cailloux placé sur le côté de la route. Il tomba sur ses genoux et fut étouffé sous le fardeau.

DEVOIRS ENVERS LES ANIMAUX.

Le lendemain, on ne parlait que du jardinier et de son âne. L'instituteur crut l'occasion bonne pour faire une nouvelle leçon à ses élèves sur nos devoirs envers les animaux. Le petit Louis, qui était réellement changé, le prévint, en lui disant : « N'est-ce pas le jardinier qui est la cause de la mort de son âne ? S'il est malheureux de l'avoir perdu, n'est-il pas coupable de l'avoir trop chargé ? —

Oui, mon ami, répondit l'instituteur, vous avez raison ; le jardinier est coupable, doublement coupable. Nous ne devons pas frapper les animaux, nous ne devons pas leur imposer une charge au-dessus de leur force : l'humanité et notre intérêt nous le défendent.

En privant certains animaux de leur liberté pour en faire nos serviteurs, nous contractons l'obligation de leur assurer, en retour des services qu'ils nous rendent, des écuries, des étables bien saines, bien propres et bien aérées ; de ne leur imposer que des travaux en rapport avec leurs forces ; de leur fournir des aliments suffisamment réparateurs et de n'exercer envers eux que de bons traitements.

Là où ces devoirs sont remplis, les animaux domestiques sont dociles, robustes et intelligents ; ils rendent de bons et durables services et donnent des produits abondants. Si, au contraire, les animaux sont surchargés de travaux, s'ils sont menés par des maîtres brutaux, s'ils sont mal nourris et mal logés, ils souffrent et dépérissent ; ils deviennent stupides et rétifs ; leurs produits diminuent de quantité et de qualité ; leurs petits sont chétifs et disposés à toutes sortes de maladies.

— Cependant, Monsieur, dit un des élèves, il y a beaucoup de gens qui maltraitent les animaux.

— Hélas ! oui, mon ami, il en est trop qui passent leur vie à malmener les animaux, les uns par méchanceté, les autres par ignorance, et sans s'imaginer le moins du monde qu'ils commettent ainsi journellement de très-mauvaises actions.

NOS CRUAUTÉS.

Ce n'est pas seulement, continua l'instituteur, en maltraitant les animaux, que nous nous montrons cruels à leur égard ; nous commettons, sans nous en douter, bien d'autres cruautés.

Combien de cultivateurs ne voyons-nous pas abandonner en plein air leurs chariots, tombereaux, etc., ne songer à les graisser que par hasard et seulement quand le grincement du fer agace le charretier. Les chemins d'exploitation sont souvent mal entretenus, ne présentant que des trous et de profondes ornières. Si les pauvres chevaux haletants ne peuvent arracher la voiture, s'ils s'épuisent en vains efforts, qu'importe ! Un coup de fouet bien appliqué les force d'avancer. On ne s'inquiète guère davantage des colliers : on en voit d'énormément lourds, trop grands ou trop petits, ils servent à toutes les encolures, blessant le cou du cheval, que l'on s'étonne de voir devenir rétif. La ferrure est mal appliquée, quand elle ne fait pas défaut : de là des boiteries parfois incurables, et qui prouvent que l'on ne se doute guère de la portée de ce dicton populaire : *Faute d'un clou, on perd le fer; faute d'un fer, on perd le cheval.*

N'est-ce pas encore de la cruauté que d'abandonner les animaux sans secours sur la voie publique ! que de les aveugler dans les pâturages, sous le prétexte de les empêcher de franchir les clôtures? que de retarder d'une manière abusive l'abattage de ceux que, malades ou blessés, on mène à l'équarrisseur? Et qu'est-ce que le tir à l'oie, les combats de coqs, de taureaux, de chiens! C'est de la cruauté, et de la cruauté réfléchie et raisonnée. N'est-ce pas encore être cruel que de couper en plusieurs morceaux la couleuvre inoffensive et de prendre plaisir à voir ses tronçons sanglants s'agiter et se tordre! Que de clouer les membres de la chauve-souris et du chat-huant à la porte même du logis qu'ils débarrassaient des insectes crépusculaires et des rongeurs! Que d'empaler vivants

les crapauds, chasseurs de limaces,
et les taupes, ennemies jurées de
la courtilière et du ver blanc? Oui,
mes amis, un seul mot peut quali-
fier tous ces actes : cruauté!!!

LÉGIONS DE BANDITS

L'instituteur avait déjà et à plusieurs reprises entretenu ses élèves
des légions innombrables d'insectes;
mais le petit Louis, qui alors était
tout à ses jeux barbares, n'avait
rien retenu. Il avoua son tort et
pria M. Denis de vouloir bien ré-
péter ce qu'il avait dit des insectes.

Volontiers, mon ami, dit l'instituteur; et il parla ainsi :

Les légions des insectes sont innombrables, et elles se succèdent sans trève ni repos. C'est une armée qui marche à la conquête de l'œuvre de l'homme, et chacune de ces légions a son mois, son jour, sa saison, son arbre et sa plante. Aucune ne s'y trompe.

Le blé est ravagé par le *saperde* des blés, qui dépose ses œufs dans la tige au-dessous de l'épi ; la larve ronge la tige et descend au bas, où elle vit tranquillement en attendans sa métamorphose. La *teigne* ou papillon nocturne dépose ses œufs dans l'épi et dévore l'intérieur des grains. Le *charançon* (calandre des blés), est encore plus redoutable Sa femelle produit de 70 à 90 œufs qui, déposés dans autant de grains de blé, s'y développent en larves et en dévorent le contenu.

La *courtillière* mange les racines des légumes et les fait mourir.

Les *altises*, la *piéride* et le *puceron* attaquent les choux, les colzas et les plantes de même nature.

La *bruche* dépose ses œufs sous les gousses encore tendres des légumineuses, fèves, pois, vesces, lentilles, et les larves se nourrissent des graines,

La *pyrale* des fruits attaque les pommes, les poires, en dévore l'intérieur et les fait tomber avant la maturité. La pyrale des vignes ne fait grâce ni aux jeunes pousses, ni aux fleurs, ni aux grappes.

Les *sauterelles* sont un fléau redoutable : elles détruisent toutes les récoltes dans les endroits où elles s'abattent.

Les arbres ont pour ennemis les *bostriches*, qui causent de grands dégâts dans les forêts, le *bombyx*, la *phalène*, papillon de nuit, qui les dépouille presque complètement de leurs feuilles.

La *termite* mine l'intérieur des bois de construction, mâchure et perce le linge dans les armoires.

Le hanneton, qui est le plus

connu, n'est pas moins redoutable. Les larves ou vers blancs mangent peu la première année ; mais la deuxième, elles dévorent les racines des céréales, des arbustes et des arbres. A l'état d'insecte parfait, il dépouille les arbres de leurs feuilles, qui présentent alors l'aspect de l'hiver en plein été, et qui sont plusieurs années sans produire de fruits.

Et comme pour compléter l'œuvre de ces destructeurs acharnés, apparaît une armée de rongeurs, mulots, campagnols, rats et souris, qui dévorent aux champs, qui dévorent aux greniers.

C'est effrayant, mes enfants,

surtout si l'on songe à l'effrayante fécondité de quelques-uns ; cependant, je ne vous ai nommé que les plus connus.

Voulez-vous maintenant connaître leurs ravages ?

— Oui, oui, Monsieur ! dirent tous les enfants.

RAVAGES DES INSECTES.

Je vous ai dit que les altises et les pucerons s'attaquent aux colzas, etc. Eh bien ! sur une récolte de colza, dépendant de l'ancien Institut agronomique de Versailles, on a constaté que sur 504 graines prises au hasard, 296 seulement étaient saines ; le surplus avait été mangé par les altises. Sur une récolte qui avait produit quatre mille cinq cents francs, il fallait compter sur une perte de deux mille sept cents francs causée par les altises.

Il y a quelques années, dans les environs d'Arras (Pas-de-Calais), les pucerons ont dévoré les colzas en huit jours, et beaucoup de cultivateurs ont dû labourer leurs champs pour y mettre des betteraves.

Le puceron lanigère, qui s'attaque à l'écorce des pommiers, a détruit en Normandie, de 1812 à 1822, le dixième de ces arbres.

De 1828 à 1837, en dix années,

et seulement dans vingt-trois communes du Mâconnais et du Beau-
jolais, représentant 3,000 hectares
de vignes, les dommages causés
par les pyrales furent évalués environ à trente-quatre millions de
francs, soit plus de 3 millions par
an ; en 1837, aux Thorins (Saône-
et-Loire), sur une propriété qui donnait ordinairement cinq mille hectolitres, on n'en récolta que 22.

En Algérie, les sauterelles ont
dévoré, à plusieurs reprises, la
presque totalité des récoltes.

D'immenses pièces de gazon, de
luzerne, d'avoine et de blé jaunis-
sent et meurent. Des rosiers, des
arbres fruitiers se fanent sur pied;

et, si l'on veut se rendre compte de la cause de ce mal, on trouve autour de chaque souche de deux à trois litres de vers blancs.

En 1854, un seul pépiniériste de Bourg-la-Reine, près Paris, évaluait à trente mille francs la perte que lui causait cette terrible larve.

Voilà de bien grands dégâts, n'est-ce pas ? Et cependant, c'est loin d'être tout. N'est-ce pas encore sur le compte des insectes qu'il faut mettre ces années de disette, où le blé manque ?

Et qui peut les arrêter dans leur œuvre de destruction ? Les oiseaux et eux seuls. Quand on leur fait la guerre, qu'ils émigrent, ou que leur nombre diminue, les insectes pullulent et les récoltes manquent; lorsqu'on les laisse en paix s'acquitter de leur mission providentielle, les insectes sont dévorés et les récoltes sont belles.

Souvenez-vous toujours, mes enfants, que les nids vides font les armoires sans pain.

DANGERS COURUS PAR LES OISEAUX.

Vous comprenez, maintenant, mes chers enfants, continua M. Denis, toute l'importance du rôle des oiseaux. Eh bien ! renoncez alors à exterminer ces innocentes créatures du bon Dieu, qui sont les hôtes inoffensifs de nos bois, la parure et l'harmonie de nos jardins, et les puissants auxiliaires de nos cultivateurs.

Cessez de leur faire la guerre et d'augmenter le nombre de leurs ennemis et d'en être les plus redoutables.

Elles sont bien loin de vivre tranquilles et assurées, ces utiles petites bêtes ! Perché sur une petite branche, il croit, le pauvre moineau, pouvoir dormir sans crainte, la tête ensevelie sous ses plumes, lorsque, à la lueur d'une étoile, il voit la fouine venir du fond de la vallée ; l'hermine descendre du rocher ; la martre des sapins quitter son nid ; le renard rôder dans le taillis... Toute cette légion d'ennemis, le pauvre oiseau l'aperçoit pendant la nuit !... Quelles sont longues ces heures où , n'osant bouger, il n'a pour protection que les jeunes feuilles qui le cachent à peine ! Aussi, avec quel plaisir il salue le jour de son chant et s'élance à tire-d'aile ! Mais la lumière le protége-t elle contre tous ses ennemis ? Hélas ! non ; il a encore à éviter les serres redoutables de l'aigle, du vautour et de l'épervier ! Il a encore à éviter, — ce qui est beaucoup plus difficile, — les piéges sournoisement cachés entre les pavés et recouverts de miettes de pain ; les pierres plus ou moins adroitement lancées, les arbalettes, le plomb du fusil, et bien d'autres engins qui multiplient ses dangers. Il a surtout à dérober son nid, sa couvée, qui lui est si chère, aux yeux scrutateurs de ces petits barbares de dénicheurs, ses plus cruels ennemis, les fléaux de l'agriculture.

Tous les élèves, émus à cette peinture, promirent, d'une voix unanime, qu'ils ne feraient plus la guerre aux oiseaux et qu'ils en deviendraient les protecteurs. Louable résolution à laquelle ils resteront fidèles.

NOUVEAUX DÉFENSEURS.

Un matin, M. Denis alla visiter Jean Dervin, qui entrait en convalescence à la suite d'une assez longue maladie.

Le petit Louis était à la grande porte avec Jacques, le domestique, et paraissait très-animé.

— Qu'avez-vous donc, mon ami! dit M. Denis.

— Ah! Monsieur, que je suis content de votre arrivée! Vous allez venir à mon secours! C'est Jacques qui veut attacher à la porte ce chat-huant qu'il a tué hier soir.

— C'est mal, très-mal, cela, Jacques. Non-seulement vous devriez écouter Louis, mais encore vous n'auriez pas dû tuer ce chat-huant.

— Et pourquoi pas ? Monsieur.

— Avant de vous répondre, Jacques, permettez-moi de vous poser cette question : Vous avez été soldat et vous avez pris part aux batailles d'Orléans. Eh bien ! qu'aurait-on dit si les habitants, au lieu de vous seconder si bravement, vous eussent massacrés et pendus aux arbres comme pour dire aux ennemis : « Entrez ! nous sommes avec vous ! nous avons tué les défenseurs de notre ville et de notre patrie : pillez-nous sans crainte. »

— Dame ! Monsieur.

— C'est ainsi cependant que vous agissez à l'égard de ce pauvre chat-huant. Il défendait les récoltes dans les granges, et, après l'avoir injustement tué, vous voulez encore l'attacher à cette porte comme pour dire aux rongeurs de venir sans crainte, et à ses compagnons de fuir, parce que, en présence de la perfidie de l'homme, leur vie est en danger.

— Mais, Monsieur, quel rapport y a-t-il entre ce chat-huant et les blés ?

— Un rapport direct et évident que vous allez comprendre.

Les rongeurs, souris, campagnols, mulots, vivent aux dépens de nos récoltes dans nos champs, dans nos granges, et jusque dans nos greniers. Ces rongeurs n'ont pas de plus grands ennemis que les chouettes, les chats-huants, les effraies, que l'on poursuit sottement comme des oiseaux de mauvais augure. Bénissons-les, car, dix fois mieux que les meilleurs chats, ils font une guerre acharnée aux rats, aux souris, mulots, etc., qui, sans eux, devien-

draient bientôt un fléau intolérable.
Dans la saison des hannetons, ils
en font leur principale nourriture.
Protégeons-les donc au lieu de les
tuer ; et lorsque, le soir, ils font
entendre leur *hou-hou*, ne crai-
gnons rien : ce cri n'annonce ni
accident ni mort, comme on le
croit vulgairement ; c'est bien plutôt leur cri de *charge* sur les rongeurs ; leur cri par lequel ils
semblent vouloir rassurer le laboureur en lui disant : Repose-toi
tranquillement de tes travaux,
brave laboureur ; ne t'inquiète pas
pour tes récoltes, je veille à leur
conservation.

Pendant que M. Denis parlait,

on était entré dans la cour, et, par la porte qui donnait sur le verger, le petit vacher arrivait joyeux, poussant avec le pied quelque chose devant lui.

Louis qui, du premier coup d'œil, devina ce que c'était, s'écria : « Oh ! méchant Paul ! tu m'avais promis de ne plus le faire ! »

— Qu'est-ce ? demanda l'instituteur.

— Un hérisson, monsieur, que je vais faire nager, répondit Paul.

— Et pourquoi vas-tu le faire nager,

— Eh ! monsieur, c'est si amusant, surtout lorsqu'il se débat pour ne pas se noyer !

— Mais sais-tu que c'est être méchant que de faire cela.

— L'automne dernier, dit Louis, il tuait les chauves-souris.

— Sans doute aussi pour s'amuser, repartit l'instituteur.

— Oui, monsieur ; quel plaisir j'avais à les voir voltiger autour de ma gaule et se faire abattre d'un seul coup !

— Eh bien, mon ami, il ne faut plus le faire. Les chauves-souris sont les plus grands mangeurs d'insectes de nuit que l'on connaisse ; et le hérisson vit de limaçons, de vers, d'insectes, de souris ; il ne fait aucun dégât dans les jardins ; et c'est une erreur stupide

que de croire qu'il tette les vaches
et les fait avorter. Il a même été
constaté qu'il nous débarrasse des
reptiles venimeux. Il en est de
même du crapaud, bête inoffensive
et très-utile. La couleuvre n'est ni
moins inoffensive ni moins utile :
elle purge nos champs, nos jardins
des animaux nuisibles qui y pullulent ; et ne craignez pas de la con-
fondre avec la vipère : la couleuvre
est revêtue de belles couleurs, où
se mêlent le vert et le jaune ; quant
à la vipère, elle est d'un gris cen-
dré avec une bande dorsale brune
en zig-zag et des taches de même
couleur sur les côtés de la bande.

Et puis, mes amis, lorsqu'on

maltraite les animaux, on s'accoutume peu à peu à la cruauté ; le cœur s'endurcit, devient indifférent, les instincts brutaux grandissent, et l'on arrive à maltraiter ses semblables.

L'HISTOIRE DE JEAN DERVIN.

Pendant ce temps, Jean Dervin était venu s'asseoir à la porte, et il entendit les dernières paroles de M. l'Instituteur.

— C'est bien vrai, ce que vous dites-là, Monsieur Denis. Ça me fait ressouvenir d'un fait dont j'ai été témoin au régiment. Un soldat de ma compagnie était très-brutal. Son cheval faisait-il un mouvement de travers, remuait-il quand il le brossait, c'étaient des coups à n'en pas finir. Si ses camarades lui faisaient quelques observations, il répondait par des insultes ou des menaces. Un jour, en cherchant à éviter les coups, son cheval lui marcha sur le pied. Alors, il devint furieux, et, s'emparant de la fourche, il le frappa sur le dos, sur les jambes, sur la tête, partout enfin. Le brigadier de service arriva et voulut le calmer. Pour toute réponse, il reçut un coup sur la tête, qui le renversa étourdi. Il n'en mourut pas ; mais vous savez que les lois militaires sont inflexibles : le soldat fut condamné à mort.

— Et connaissez-vous ses habitudes de jeunesse ? demanda l'instituteur.

— Oui, monsieur ; un de ses camarades nous conta son histoire.

Ce malheureux était resté orphelin en bas âge. Les gens qui se chargèrent de son enfance négligèrent son éducation et le laissèrent vagabonder au lieu de l'envoyer à l'école. Aussi devint-il le meilleur dénicheur des environs, faisant souffrir pour s'amuser et tuant pour jouer.

— Oh! papa, dit Louis, c'est ainsi que je faisais.

— Hélas! oui, mon enfant; mais, grâce à Dieu, les soins et les leçons de ton bon maître t'ont corrigé. Sois-en lui toujours reconnaissant.

— Soyez-en sûr, papa.

— C'est bien, mon fils. Quant à notre soldat, il n'eut personne pour le reprendre, et comme il maltraitait les animaux dans les fermes où il entrait, soit comme vacher, soit comme charretier, on ne le gardait pas longtemps. Il se laissait sans cesse aller à sa brutalité, ne se plaisant que dans les querelles, maltraitant souvent ses semblables. La conscription le prit avec ses instincts brutaux, et vous connaissez sa triste fin.

— Ses voies de fait envers son supérieur n'ont rien qui puisse vous étonner, ajouta M. Denis ; car, ainsi que je vous le disais tout-à-l'heure, on n'a pas deux cœurs : l'un cruel pour les animaux et l'autre bon à l'égard de ses semblables.

CE QUE PEUT LA DOUCEUR.

Après avoir causé quelques instants avec Jean Dervin, M. Denis alla commencer sa classe, et raconta à ses élèves ce qu'il avait dit du chat-huant, du hérisson, ainsi que l'histoire qu'il avait apprise.

Le soir, il les conduisit à la promenade, ce qu'il faisait ordinairement. Tantôt, il leur donnait des notions de botanique, tantôt de topographie que les élèves résumaient le lendemain dans des devoirs.

Lorsqu'ils furent dans la plaine, ils virent de loin, se dirigeant de leur côté, une voiture de foin qui avançait lentement. Ils se rencontrèrent à un endroit de la route où les eaux avaient creusé une espèce de petit fossé. Comme les jours précédents, la pluie avait détrempé la terre, les roues s'enfoncèrent et la voiture s'arrêta. Le conducteur, en mauvais charretier qu'il était, marchait à la suite de sa voiture, causant avec les faneuses, car c'était la dernière voiture, et pour tout prendre en une fois, on avait chargé fort. Voyant ses chevaux arrêtés, il s'avança le fouet à la main, et se mit en devoir d'attaquer son attelage, piquant et jurant de son mieux.

Les chevaux faisaient tous leurs efforts pour arracher la voiture; mais la peau frissonnait sous les coups et c'était tout.

Le charretier redoubla de rigueurs et les pauvres bêtes s'efforçaient en vain d'enlever la charge. Les faneurs se mirent à la roue, mais la meule ne bougea pas.

On laissa reposer l'attelage, puis coups et cris reprirent leur train, le fouet s'usait en pure perte. On jugea alors qu'il était nécessaire d'aller chercher des chevaux de renfort.

Le charretier rencontra le maître qui, ennuyé du retard, était parti à la rencontre.

Lorsqu'il sut la cause de ce retard : « Pourquoi, dit-il, n'avez-vous pas pris le fossé en biais ! et puis, vous laissez marcher vos chevaux comme ils le veulent.

— Mais, allégua le charretier,

la voiture est trop chargée. On y a mis...

— On y a mis !... Et n'est-ce pas vous qui chargez votre voiture ? Laissez-vous éreinter votre attelage par d'autres !

Tout en dialoguant ainsi, ils arrivèrent à l'endroit où la voiture était embourbée.

Le maître parla à ses chevaux qui avaient henni en l'apercevant, leur passa la main sur la tête et le cou, puis, prenant les guides, il leur jeta un mot de commandement : la voiture fut enlevée d'un trait, au grand étonnement de tous.

Après leur départ, l'instituteur

ne reprit pas la leçon interrompue par cet incident ; il la fit rouler sur notre devoir envers les animaux et sur l'obligation de les traiter avec douceur. La manière de les conduire, dit-il, a sur eux une grande influence : la douceur les rend bons, doux et ardents ; les mauvais traitements les rendent vicieux, rétifs et maladifs. C'est une erreur de croire qu'avec le fouet on fait faire aux chevaux des choses impossibles. Lorsqu'ils font des façons, c'est par la douceur, les encouragements qu'il faut leur faire comprendre leurs torts. Ne leur demandons que des choses possibles, ils les feront toujours : n'abusons pas du fouet, le sifflement de la lanière doit suffire ordinairement pour les réveiller et les stimuler. La brutalité est un mauvais moyen pour dompter et gouverner les chevaux, sans compter qu'une loi punit les actes de cruauté exercés sur toute espèce d'animaux domestiques.

— Une loi, Monsieur, pour les animaux ! s'écrièrent les élèves.

— Oui, mes amis.

LA LOI GRAMMONT.

On a toujours eu en horreur, continua M. Denis, non-seulement

la cruauté, mais même l'ingrati-
tude envers les animaux qui s'usent
à notre service.

Les Athéniens, qui élevaient
des autels à la Reconnaissance,
exigeaient que les ingrats com-
parussent devant un tribunal spé-
cial. Un jour, un propriétaire ayant
chassé un vieux cheval parce qu'il
ne pouvait plus travailler, fut
condamné par le juge à payer
une somme annuelle pour l'entretien du vieux serviteur.

En France, il s'est trouvé un
homme généreux qui, par son
énergique initiative, a fait consacrer un principe civilisateur de la
plus haute importance : punir

l'auteur des brutalités, qu'il soit ou non propriétaire de l'animal.

Cet homme, c'est le général Delmas de Grammont, à la mémoire duquel nous devons un hommage.

La loi du 2 juillet 1850, provoquée par lui, forme notre code de protection. La voici :

« Seront punis d'une amende de 5 à 15 fr. et pourront l'être d'un à cinq jours de prison, ceux qui auront exercé publiquement et abusivement des mauvais traitements envers les animaux domestiques.

« La peine de la prison sera toujours appliquée en cas de récidive.

« L'article 463 du code pénal sera toujours applicable. »

— Y a-t-il aussi une loi qui punit les dénicheurs ? demandèrent quelques élèves.

— Oui, mes amis ; la loi sur la chasse ne permet que le tir et interdit les filets et gluaux.

De plus, les arrêtés préfectoraux, pris en exécution de cette loi, interdisent de chasser ou de prendre les petits des oiseaux de chant ou de plaisir, d'enlever, de détruire ou de mettre en vente les nids et les œufs des dits oiseaux, sous peine d'une amende de 16 à 200 francs.

Et, remarquez que ceux qui les

tiennent enfermés dans des cages sont également coupables aux yeux de la loi. Plusieurs marchands ont été forcés par des agents de donner la liberté à leurs pauvres prisonniers, au grand plaisir de ceux-ci et au grand avantage de l'agriculture.

L'AFFECTION DES ARABES.

A la fin de la classe du jour suivant, M. Denis continua ses leçons sur la protection.

Les Arabes, dit-il, sont nos modèles sous le rapport de l'humanité ; nous, nous avons besoin qu'une loi

réprime nos mauvais instincts ; eux,
n'ont pas de loi, et cependant jamais ils ne frappent leurs chevaux.

« Ils les dressent à force de caresses,
et ils les rendent si dociles, qu'il
n'y en a point dans le monde qui
leur soient comparables en beauté
et en bonté. Ils ne les attachent
pas dans leurs champs, ils les lais-
sent errer en paissant aux environs,
d'où ils accourent à la voix de leur
maître. Ces animaux dociles viennent la nuit se coucher dans les
tentes, au milieu des enfants, sans
jamais les blesser. Si un cavalier
tombe dans une course, son cheval
s'arrête sur-le-champ et reste auprès de lui sans le quitter. Ces

peuples sont parvenus, par l'influence invincible d'une éducation douce, à faire de leurs chevaux les premiers coursiers de l'univers. »

Un Arabe du désert qui n'avait pour tout bien qu'une magnifique jument, l'aima plus que l'or. « Le Consul de France à Leyde lui proposa de la lui vendre dans l'intention de l'envoyer à Louis XIV. L'Arabe, pressé par le besoin, balança longtemps ; enfin, il consentit et en demanda un prix considérable. Le Consul écrivit à Versailles pour en obtenir l'agrément de la Cour. Louis XIV donna l'ordre que la jument fût livrée. Le Consul mande l'Arabe, qui arrive monté sur sa belle coursière, et l'or compte à cet homme l'or qu'il avait demandé. L'Arabe, couvert d'une peau de natte, met pied à terre, regarde l'or ; il jette aussi les yeux sur sa jument ; il soupire et lui dit : « A qui vais-je te livrer ? à des Européens qui t'attacheront, qui te batteront, qui te rendront malheureuse : reviens avec moi, ma belle, ma mignonne, ma gazelle ! sois la joie de mes enfants. » Il sauta dessus et reprit la route du désert. »

L'ARABE ET SON CHEVAL.

Mais, si les Arabes ont tant de soin de leurs chevaux, ceux-ci, à leur tour, ont l'instinct de la reconnaissance. Vous allez en juger par l'histoire suivante, racontée par notre grand écrivain Lamartine.

Un Arabe et sa tribu avaient attaqué dans le désert une caravane isolée, et, vainqueurs, ils chargeaient le butin, quand des cavaliers, que le Pacha d'Acre avait envoyés à la rencontre de cette

caravane, ayant fondu à l'impro-
viste sur les Arabes victorieux, en
eurent bientôt tué un grand nombre. Les blessés furent faits prisonniers, attachés avec des cordes et
conduits à Acre.

Abou-el-Marsch avait reçu une
balle dans le bras Comme sa blessure n'avait pas été jugée mortelle,
les Turcs l'avaient attaché sur un
chameau et s'étaient emparé de
son cheval. Le soir où ils auraient
pu rentrer à Acre, ils s'étaient
arrêtés avec leurs prisonniers dans
les montagnes de Japhadt (Syrie).
L'Arabe blessé avait les jambes
liées ensemble et était étendu près
de la tente où s'étaient couchés

les Turcs. Pendant la nuit, tenu
éveillé par la douleur cuisante de
sa blessure, il entendit hennir son
coursier parmi les chevaux attachés
autour des tentes. A peine eût-il
reconnu sa voix qu'il se traîna près
de lui : « Pauvre ami, lui dit-il,
que feras-tu parmi les Turcs ? Tu
seras emprisonné avec les chevaux
d'un Pacha ; les femmes et les enfants chargés de ton entretien ne
t'apporteront plus l'orge mondé
dans le creux de la main ; tu ne
fendras plus du poitrail les eaux du
Jourdain, qui raffraîchissaient ta
robe blanche. Ah ! qu'au moins,
si je suis esclave, tu reste libre !
Va, retourne à la tente que tu as

récemment quittée ; va dire à ma femme désolée qu'Abou-el-Marsch ne reviendra plus, et passant sa tête entre les rideaux de la tente, lèche les mains de mes petits enfants ! »

Après avoir prononcé ces paroles, l'Arabe eut bientôt achevé de ronger avec ses dents la corde de poil de chèvre avec laquelle sont ordinairement attachés les chevaux arabes, et l'animal était libre. Mais voyant son maître blessé et enchaîné à ses pieds, le fidèle coursier baissa la tête, le flaira, et quand il eut saisi avec les dents la ceinture de cuir qui était serrée autour de son corps, il partit au galop et l'eut bientôt emporté jusqu'à sa tente. Mais quand ils furent arrivés et qu'il eut déposé l'Arabe aux pieds de sa femme et de ses enfants épouvantés, le cheval expira de fatigue.

L'INTELLIGENCE DES ANIMAUX.

Que cela ne vous étonne pas, continua l'instituteur ; la plupart des animaux sont reconnaissants des bontés qu'on a pour eux et des bons traitements dont ils sont l'objet. Nous en avons beaucoup d'exemples. Un entre mille.

Un esclave s'étant enfui de chez son maître, se réfugia dans une caverne. Quel ne fut pas son effroi lorsqu'il vit entrer un lion énorme ! Ce lion ne pouvait se soutenir que sur trois pattes ; il s'avança vers l'esclave et lui posa la quatrième patte sur le genou. Enhardi, l'esclave regarde le pied, l'examine, y découvre une épine, l'ôte, exprime le pus et le lion est soulagé.

Reconnaissant de ce service, le lion allait chaque jour chercher sa nourriture et celle de son nouveau compagnon. Un jour, il ne rentra pas, et, peu de temps après, l'esclave fut repris par les soldats de l'Empereur, conduit à Rome et condamné à être dévoré par les bêtes féroces. Mais l'animal qui devait le dévorer était ce même lion qu'il avait guéri dans la caverne, et, au lieu de se jeter sur lui, il se couche à ses pieds. L'histoire connue, l'esclave obtint sa grâce ; on lui donna le lion, et l'on put les voir tous deux se promener dans Rome.

La plupart des animaux font aussi preuve d'instinct et d'intelligence.

Que pourrais-je vous dire du chien que vous ne sachiez ? Il donne journellement des preuves éclatantes de son intelligence à la garde des troupeaux, des habitations, à la chasse, à la recherche des voyageurs égarés dans les neiges. Il a le courage, le dévouement, l'amitié, la fidélité et, par-dessus tout, l'oubli des injures.

L'âne est, après le chien, le compagnon le plus intelligent de l'homme. Quand on s'y prend avec douceur et qu'on lui donne des soins, on fait faire à l'âne tout ce que l'on veut. Dans sa jeunesse, il est gai et très-éveillé ; les mauvais traitements le rendent lent et indocile.

Voyez la poule qui a couvé ses œufs pendant 21 jours. Elle est fatiguée, ses ailes traînent à terre, et, cependant, comme elle veille sur ses petits ! comme elle gratte la terre pour leur trouver des vers et des petits insectes dont ils se nourrissent! Avec quelle intelligence elle reconnaît l'oiseau de proie et avec quelle hardiesse, elle, si timide, se met à la tête de ses poulets et force son ennemi à la retraite!

On dit communément « stupide comme une oie »; voici une histoire racontée par le docteur Franklin, qui prouve la fausseté de ce proverbe:

« Depuis une quinzaine de jours, une vieille oie couvait ses œufs dans la cuisine d'une ferme; tout à coup, elle tomba malade.

« Sentant, sans doute, sa fin

prochaine, elle quitta son nid et se rendit dans une dépendance de la ferme où il y avait une jeune oie d'un an.

« Dans le langage des oies, la vieille mère lui communiqua ses inquiétudes sur l'avenir de sa couvée. Il faut croire que ce langage fut entendu ; car la jeune oie, qui n'était jamais entrée jusqu'alors dans la cuisine, y vint, pour la première fois, conduite par la malade ; elle sauta immédiatement dans le nid de la vieille, qui s'assit auprès d'elle et mourut. La jeune couva les œufs et éleva les petits. »

Si nous considérons les oiseaux, que d'intelligence n'y rencontrons-nous pas ? Qui leur a appris à bâtir leurs nids en quart de cercle, en demi-cercle, ou en cercle, selon l'endroit où ils le placent ? Qui leur a appris à remplir l'intérieur de plumes, de laine ou d'autres matières mœlleuses pour rendre douce la couche de leurs petits ?

Les abeilles nous donnent l'exemple d'une nation policée. Il y a des chefs, des travailleurs, des sentinelles, etc.; et, tout s'y passe avec ordre et discipline.

Les castors savent se construire leurs demeures, et les renards sont fameux par leurs ruses. Le cerf, le chevreuil poursuivis par le chasseur et sa meute, leur opposent toutes les finesses et toute leur habileté.

Bien d'autres animaux, mes amis, nous donnent des preuves d'intelligence, et cette intelligence, c'est Dieu qui la leur a donnée.

LA RÉCOLTE DE MIEL.

Le beau temps avait favorisé la floraison des plantes et les rayons des ruches étaient remplis. Aussi, dès le mois de juillet, Monsieur Denis se mit-il à faire sa récolte de miel.

Ses élèves, petit Louis surtout, qui en avait chez lui, furent bien étonnés lorsqu'il leur dit de venir chez lui, à midi, pour voir récolter le miel.

— Mais, monsieur, dit Louis, papa n'étouffe ses abeilles qu'au mois de septembre.

— Moi, mon ami, je ne les étouffe pas. Je récolte le miel sans faire mourir les abeilles. Ton père, comme beaucoup d'autres, suit encore la vieille coutume de nos ancêtres, qu'il faut proscrire, parce qu'elle est barbare. Quoi de plus cruel, en effet, que de faire mourir inutilement de petites bêtes qui ont travaillé toute l'année pour nous ! Je suis convaincu d'ailleurs, que ton père renoncera cette année à son habitude ; car je lui ai déjà parlé des avantages de mon procédé.

L'instituteur, après avoir fait mettre ses élèves dans un cabinet à l'ombre, d'où ils apercevaient facilement les ruches et où il devait porter les rayons, se revêtit de son affublement ; il prit les cadres de ses ruches les plus remplis de miel, en chassa les abeilles avec les barbes d'une plume et porta les cadres sur un casier placé dans le cabinet. Après avoir coupé les rayons avec un couteau, en prenant soin de rattacher le couvain, lorsqu'il s'en trouvait, il remit les cadres à leur place et referma les ruches, l'opération était terminée.

Les élèves étaient émerveillés de la manière dont la récolte s'était faite : les abeilles n'étaient pas mortes et leur travail n'avait même pas été interrompu.

— Ce soir, leur dit M. Denis, je vous montrerai la manière de procéder avec des ruches d'un genre différent.

Excités par la nouveauté, ils arrivèrent bien avant l'heure fixée. M. Denis allait opérer avec une ruche à ouverture supérieure.

Près de l'ouverture inférieure de la ruche, il disposa un réchaud qu'il remplit de braise ardente et de paille humide. Ce réchaud était muni d'un soufflet ordinaire d'un côté et de l'autre d'un tube pour conduire la fumée.

Mais, Monsieur, dirent les élèves, vous allez les brûler !

— Non, regardez bien attentivement.

M. Denis ouvrit l'ouverture supérieure, recouvrit la première ruche d'une autre vide, et, après avoir mis le tube en communication avec la ruche pleine, il souffla. La fumée entra par l'ouverture inférieure et les abeilles, pour l'éviter, montèrent dans la ruche vide. Il enleva ensuite plusieurs rayons et y fit rentrer les abeilles.

LA RÉCOLTE DANS LE VILLAGE.

Les enfants avaient à peine eu le temps de rentrer qu'ils racontaient tout ce qu'ils avaient vu.

Les parents n'y comprenaient pas grand'chose ; mais quand ils surent qu'on avait le miel et les abeilles, et que, si l'année était favorable, les brèches faites aux rayons se réparaient vite et qu'alors on faisait une deuxième récolte, ils voulurent essayer du procédé de l'instituteur. Ils allèrent donc le trouver pour le prier de vouloir bien opérer chez eux.

Monsieur Denis fut très-satisfait de sa réussite. Il leur avait déjà parlé de ses procédés humanitaires en même temps qu'avantageux ; mais les habitants des campagnes se défiant des principes nouveaux qui les arracheraient à leur routine, ne l'avaient pas écouté. Aujourd'hui, l'intérêt était plus fort que l'habitude, ils venaient à lui. Aussi s'empressa-t-il de leur accorder ce qu'ils demandaient.

Comme ils n'avaient que des ruches communes, il fallait procéder d'une autre manière.

Un soir, il se rendit chez Jean

Dervin, pour fermer les ruches voisines de celles dont il voulait faire la récolte et lui recommanda de les couvrir le lendemain d'un drap mouillé, afin de les garantir de l'ardeur du soleil.

A midi, lorsque les abeilles étaient parties butiner et qu'il y en avait peu dans les ruches, il porta celles-ci dans un cabinet à l'ombre et les remplaça par d'autres vides. Les abeilles entrèrent dans ces dernières en revenant des champs, car elles ne pouvaient pénétrer dans les autres qui étaient fermées et où d'ailleurs elles se seraient fait massacrer.

Le soir, il alla chez le charron et là, il opéra par l'asphyxie.

Après avoir fermé la ruche dont on voulait faire la récolte du miel, il força les abeilles, au moyen du réchaud dont nous avons déjà parlé, à se réfugier dans la partie supérieure, où la fumée les asphyxia. Renversant ensuite la ruche, il détacha les rayons de côté et la remit en place. Le lendemain, les abeilles reprenaient leur besogne.

Il alla ainsi partout où il y avait des ruches, et les habitants furent très-satisfaits de sa manière de procéder, non pas, il faut bien le dire, parce qu'elle était moins barbare, mais parce qu'elle favorisait leur calcul d'intérêt.

Quoi qu'il en soit, cette commune ne donna plus le triste spectacle de l'étouffement.

LETTRE DE LOUIS A UN AMI.

La mère de Louis alla visiter une amie qui était veuve et qui demeurait dans les environs. Cette dame avait un fils de l'âge de Louis, et les deux enfants s'aimaient avec tendresse. Autrefois, ils avaient les mêmes inclinations ; mais notre petit Louis s'était corrigé, tandis que l'autre était devenu un maître dénicheur. Sa mère dit à Madame Dervin que l'été, elle n'avait pu obtenir qu'il fréquentât l'école.

Lorsque Louis eut appris cela, il écrivit à son ami la lettre suivante :

Mon cher ami,

Je viens d'apprendre par ma mère que tu fais souvent l'école buissonnière depuis le printemps, et cela, pour aller dénicher de petits oiseaux, que tu laisses mourir en cage et que tu écrases avec la verge.

Cette mauvaise habitude, si tu ne t'en corriges, peut avoir pour toi les plus funestes conséquences.

D'abord, en fuyant l'école, tu resteras ignorant et tu t'exposes à devenir un vagabond, comme on en voit tant qui ne font rien d'utile et qui passsent toutes leurs journées à faire le mal.

Ensuite, tu t'habitues à la cruauté, et tu en arriveras à voir d'un œil sec souffrir tes semblables et même tes parents. Pourquoi es-tu si cruel et à quoi peut te servir la mort d'un oiseau, quand son chant est agréable et sa vie utile ? N'as-tu donc jamais été ému en entendant leur ramage, leurs joyeux accents égayer nos jardins, nos vergers et nos bosquets! Ne sais-tu pas qu'ils sont portés instinctivement à dévorer les insectes nuisibles à nos récoltes sans toucher à ceux qui nous sont utiles!

Crois-moi, cher ami, ne les détruis plus, respecte l'œuvre du Créateur, qui leur donne la pâture, et ne va pas contre ses desseins en arrachant les petits à leur mère, en ôtant la vie à des êtres de la Création. Que dirais-tu si quelqu'un venait, sans motif, t'enlever à l'affection de ta mère et de tes sœurs pour t'enfermer ensuite et te laisser mourir de faim! Tu les appellerais méchants, barbares, n'est-ce pas ? et tu aurais raison. Cependant, n'agis-tu pas de même envers de pauvres petits êtres sans défense ?

Tu ne dois néanmoins pas ignorer qu'une loi punit les chasseurs de nids. Le garde-champêtre, les gendarmes peuvent te prendre et te conduire en prison. Tu n'y as certainement pas réfléchi : rester ignorant, devenir vagabond, dur, insensible, méchant, être conduit en prison ! non, tu n'y as pas réfléchi !

Eh bien ! à présent que tu comprends les graves conséquences de ta mauvaise habitude, écoute un ami, un converti aux idées protectrices. Rends la volée à tes pauvres captifs que trop longtemps tu as privés des caresses et des soins paternels ; va à l'école, laisse les petits dans leurs nids, protége-les, jette-leur, l'hiver, quelques grains sur la neige ; et ainsi, tu seras agréable au Seigneur, ta mère sera contente de toi, et ton cœur ressentira un plaisir bien plus vrai, que tu n'éprouves pas en courant les bois pour découvrir de nouveaux martyrs.

Ton ami,

Louis Dervin.

LES PROTECTEURS DES OISEAUX.

L'hiver arriva et avec lui la neige qui couvrit la terre pendant de longs jours. Les oiseaux qui n'émigrent pas, ne trouvant plus d'insectes ni de vers pour leur nourriture, étaient malheureux, remplissaient les cours et grattaient le fumier afin de trouver quelque grain ou quelque insecte.

Cependant, on ne voyait pas, comme les années précédentes, quantité de piéges soigneusement cachés dans la neige ; on n'entendit guère de coups de fusil, les enfants

9

demandant qu'on épargnât les pauvres petits oiseaux. Beaucoup
allaient même jusqu'à leur jeter
des grains ou des miettes de pain,
et les oiseaux reconnaissants volti-
geaient autour d'eux.

Un jour, le petit Louis trouva
près de la route une raquette dans
laquelle se tordait un malheureux
moineau.

Prendre la raquette et rendre la
liberté à la pauvre bête, fut l'affaire
d'un instant. Mais, tout-à-coup, il
se sentit saisir par le bras.

C'était Maurice Toinet, celui qui
avait tendu le piége et qui arrivait
pour voir s'il y avait quelque chose.
Il se mit en colère contre Louis.

— Pourquoi, lui dit-il, t'empares-tu de ma raquette !

— Tiens, répondit Louis, sans s'émouvoir, c'est donc à toi ?

— Oui ; est-ce que cela te regarde ?

— Tu ne renonceras donc pas à détruire ces créatures du bon Dieu qui ne font que du bien en protégeant nos récoltes.

— Ecoutez-le donc ! comme si l'on ne savait pas qu'autrefois tu ne me le cédais en rien ! Et puis, ai-je à m'occuper de vos récoltes, moi qui n'ai pas de terres à cultiver ?

— Mais, Toinet, s'il n'y a.pas de récoltes, tu ne pourras pas glaner ; et si les riches sont dans la gêne,

les pauvres mourront de faim.
D'ailleurs, si tu continues, je te dé
noncerai au garde ou aux gendarmes.

Cette menace fit plus d'effet sur
Maurice; et les compagnons de
Louis l'imitant èt s'emparant impi-
toyablement de tous les piéges
qu'ils trouvaient, un grand nombre
d'oiseaux furent sauvés cet hiver
là.

UNE SOCIÉTÉ.

Au printemps, aucun des enfants
de l'école ne faisait l'école buissonnière pour courir les vergers et les

bois, pour chercher les nids ; aussi faisaient-ils beaucoup de progrès dans leurs études.

Cependant, après leurs classes, ils recherchaient encore les nids ; mais c'était pour les protéger contre les quelques dénicheurs qui n'étaient pas convertis.

Si, parfois, ils surprenaient le délinquant, ils cherchaient à lui faire entendre raison, finissaient souvent par le convaincre et par l'enrôler dans leur association.

L'instituteur ne se sentait pas de joie d'avoir atteint son but. Aussi pour consacrer l'association de ses élèves, il leur donna le règlement

suivant, que la municipalité approuva :

Considérant qu'une quantité innombrable d'insectes ravagent les
récoltes de toutes espèces et amè-
nent parfois la disette ;

Que l'homme est impuissant à
les détruire, mais que la Providence
lui a donné dans les oiseaux d'utiles
et indispensables auxiliaires ;

Qu'il est alors du devoir de tous,
et principalement des enfants, de
protéger ces précieux défenseurs
du produit des labeurs de leurs
pères,

Article 1er. Une Société pour
la protection des oiseaux est établie
dans la commune de Blainville.

Elle portera le nom de *Société de l'Enfance pour la protection des Oiseaux*.

2. Elle a pour but :

1° La conservation des nids ;

2° La destruction des filets, gluaux, raquettes, collets, sauterelles et autres engins défendus par la loi ;

3° D'aider les oiseaux dans leur œuvre en détruisant les hannetons, chenilles, vers blancs, rongeurs et autres animaux nuisibles ;

3. La commune sera divisée en circonscriptions, à chacune desquelles seront attachés plusieurs membres.

Ces membres auront pour mission

de rechercher les nids, afin de mieux veiller à leur conservation. Ils seront sous la direction générale de l'un deux, désigné par l'autorité municipale.

4. A l'effet de se rendre compte des avantages de l'Association, il sera tenu un registre qui indiquera le nombre de nids trouvés, l'espèce d'oiseau, le nombre des petits et leur destinée.

5. Si, par impossible, un membre venait à contrevenir aux prescriptions de l'art. 2, il serait rayé de la liste des membres de la Société.

6. Le signe distinctif des membres de la Société est un épi de

blé, qu'ils portent sur leur habit. Cet épi signifie qu'en protégeant les oiseaux, ils sauvent les récoltes.

7. La Société se place sous la direction de la municipalité et sous la protection des personnes qui voudront bien lui venir en aide, en lui prêtant leur appui, et qui prendront le titre de *membres protecteurs*.

8. Les présents statuts pourront être modifiés par la municipalité, lorsque les circonstances le rendront nécessaire.

1er COMPTE-RENDU DE LA SOCIÉTÉ.

Le directeur-général, désigné à la municipalité par l'unanimité des membres, fut Louis Dervin, et l'on peut dire qu'il ne pouvait être fait de meilleur choix, car depuis sa conversion, les idées protectrices n'avaient pas de plus ardent défenseur.

D'ailleurs, tous les membres rivalisaient de zèle : le matin, le soir et les jours de congé, ils passaient en revue leur circonscription respective ; ne craignant aucune fatigue, n'épargnant pas les exhortations, pas même les menaces, si les premières ne suffisaient pas, aux délinquants rencontrés en flagrant délit.

Louis passait souvent l'inspection dans toutes les circonscriptions, et s'il s'apercevait ou s'il apprenait qu'un nid eût été enlevé, le peloton chargé de la surveillance était sévèrement gourmandé.

Aussi, peut-on dire sans exagération que jamais dans la commune, on n'avait vu tant d'oiseaux ni si belle apparence de fruits et de récoltes.

Au mois de septembre, la Société présenta son compte-rendu à la municipalité.

En voici l'extrait :

ESPÈCES D'OISEAUX	NOMBRE DE NIDS	NOMBRE DE PETITS	DESTINÉE
Pinsons.	92	368	12 nids détruits.
Grimpereaux.	21	84	6 id.
Hirondelles.	46	184	Tous préservés.
Rossignols.	12	48	2 détruits.
Fauvettes.	52	208	12 id.
Rouges-gorges.	64	176	8 id.
Bergeronnettes.	12	60	2 id.
Roitelets.	25	125	Tous préservés.
Martinets.	12	36	id.
Mésanges.	25	175	id.
Loriots.	6	24	id.
Merles.	24	96	4 détruits.
Linots.	43	172	12 id.
Etourneaux.	8	40	2 id.
Grives.	24	96	Tous préservés.
Moineaux.	182	728	36 détruits.
TOTAL.	648	2621	554 préservés.

CE QUI ACCOMPAGNAIT LE

COMPTE-RENDU.

Le charançon de blé produit de 70 à 90 œufs (moyenne 80) qui, déposés dans autant de grains de blé, s'y développent en larves qui en dévorent le contenu ; c'est donc la valeur d'un épi au moins perdu par le fait d'un seul charançon.

Un couple de moineau détruit par semaine pour se nourrir lui et sa couvée, 3000 vers environ ou 428 par jour.

Pendant les 15 jours que ce couple nourrit sa couvée, il détruit donc 6420 insectes, et, à un grain par insecte, elle conserve 6420 grains.

La semence nécessaire pour ensemencer un hectare de terre est en moyenne de deux hectolitres et demi; un hectolitre renferme un million six cent mille grains de blé, soit quatre millions pour deux hectolitres et demi.

Quatre millions de grains par hectare donnent quatre cents grains par mètre carré.

Avec les 6420 grains préservés par une couvée de moineaux, on pourrait donc ensemencer seize mètres carrés. Les 146 couvées préservées par la Société ont donc conservé assez de grains pour ensemencer 23 ares 36 centiares.

Mais les charançons ne sont pas les seuls insectes qui menacent nos récoltes : c'est par millions qu'il faut les compter. On voit alors combien de couples d'oiseaux sont nécessaires pour détruire ces êtres voraces. Aussi, la Providence a-t-elle mis le nombre des défenseurs de l'agriculture en rapport avec le nombre de ses ennemis.

On peut juger par le calcul que nous avons donné quelle quantité d'insectes, d'un bout de l'année à l'autre, dévorent les 554 couvées préservées par notre Société.

En présence de ces résultats, on

a pu dire que « si l'oiseau peut vivre sans l'homme, l'homme ne saurait vivre sans l'oiseau. » Si nous continuions à lui faire la guerre et à le manger, l'insecte nous mangerait bientôt à notre tour.

Gravons donc bien dans notre esprit ces paroles du Deutéronome : « Si, en te promenant, tu trouves en ton chemin, sur un arbre ou à terre, un nid d'oiseau et la mère couvant les petits ou les œufs, tu ne prendras point la mère ni les petits, mais tu les laisseras en liberté pour qu'il ne te mésarrive et que tu vives longtemps. »

Frappé de raisons si justes et des résultats de la Société naissante, le Conseil municipal vota un livret de caisse d'épargne de 25 fr. qui, à l'unanimité des membres du Conseil et de la Société, fut accordé à Louis Dervin.

LE NOUVEAU MAIRE.

Le maire étant mort, le Conseil municipal proposa pour le remplacer Jean Dervin.

Lorsqu'il fut nommé, son premier soin fut de s'occuper des chemins ruraux de la commune, qui étaient en très-mauvais état.

A la première réunion du Conseil, il parla ainsi :

10

Nos chemins ruraux sont impraticables, et l'hiver, nos attelages, même sans être chargés, peuvent à peine y passer ; ils s'enfoncent dans la boue et quatre chevaux ont la plus grande peine à traîner ce qu'un seul traînerait sur la route. Les pauvres bêtes font des efforts inouïs pour sortir de ces fondrières et sont exposés à chaque pas à s'abattre et à se blesser. Pour parvenir à les faire avancer, on multiplie les coups de fouet ; puis, les chevaux sont couverts de sueur et de boue et continuent leur travail dans cet état, au grand détriment de leur santé. Ces mauvais chemins pourrissent les harnais, détériorent les voitures, qui ne durent pas la moitié du temps qu'ils dureraient si les routes étaient bonnes. Il faut à tout prix y remédier.

— Mais, dit un membre du Conseil, pourquoi n'y consacre-t-on pas les ressources que nous votons chaque année ?

— Elles ne nous appartiennent pas ; il faut qu'elles soient employées sur les chemins vicinaux classés.

— Que faire alors ?

— Ce serait de décider que chacun de nous donnât ne fût-ce qu'une demi-journée de voiture chaque année. De cette manière, nos chemins deviendraient praticables.

Il fut ainsi décidé ; et les autres fermiers du village ayant consenti à ce que venait de décider le Conseil, on se mit immédiatement à l'œuvre, et les chemins furent arrangés.

• C'était autant de bien-être pour les attelages.

ARRÊTÉS DE M. LE MAIRE.

Il y avait à Blainville, comme malheureusement dans beaucoup d'autres endroits, des coutumes barbares, des jeux cruels.

Presque tous les dimanches, il y avait des combats de coqs, combats terribles qui ne cessaient que lorsqu'un des deux adversaires était resté sur la place.

Il y avait aussi des combats de chiens, dressés à cet affet. Les deux combattants, amenés sur la place, se battaient avec acharnement, aux applaudissements de la foule, et, le combat terminé, ils étaient couverts de sang.

Déjà Louis Dervin ne voulait plus aller voir ces jeux, et lorsque son père fut maire, il le pria d'interdire ces combats.

Mais, M. Dervin, craignant de mécontenter beaucoup d'intéressés, reculait devant une telle mesure.

Cependant, son fils, qui tenait et

avec raison, à faire interdire ces divertissements, s'y prit d'une autre manière. Un jour, il réunit tous les membres de la Société dé protection et leur fit part de ses desseins.

Tous promirent de l'aider. On pria M. Denis de rédiger une pétition pour M. le Maire, et toute la troupe, Louis à la tête, se rendit chez lui.

Louis lut la pétition. Sa mère, qui était présente, fut très-émue et pressa son fils dans ses bras.

Jean Dervin ne pouvait plus différer davantage : il promit à la petite troupe, qui se montrait si dévouée, de s'occuper de sa demande.

Il le fit en effet, et prit des arrêtés qui interdisaient dans la commune ces divertissements barbares, restes des anciens temps, aux mœurs sanguinaires.

Il y eut bien quelques mécontents ; mais la masse honnête et bien pensante de la population approuva la mesure humanitaire de M. le Maire.

L'AMATEUR D'OISEAUX.

L'un des premiers résultats de la Société avait été la multiplication des oiseaux : les vergers, les bosquets, tous les lieux en étaient remplis. (Nous avons déjà dit que les moissons étaient également plus belles).

Cela se sut dans les environs. Aussi, au printemps, vit-on arriver dans la commune un de ces hommes que l'on appelle, par un abus de mots, amateurs d'oiseaux, tandis que leur vrai nom est bien plutôt bourreaux d'oiseaux.

Voici comment ils agissent : lorsqu'ils ont reconnu que l'un des nombreux pinsons qu'ils tiennent en cage va bientôt chanter, ils placent dans le voisinage un autre oiseau qui est déjà musicien. Le jeune pinson, sollicité par le chanteur, devient artiste comme son maître. Une fois qu'il sait son répertoire, une main le saisit; le pauvret se débat, mais deux doigts, comme un étau, lui tiennent la tête immobile, tête charmante dont le gosier rendait tout à l'heure encore de si jolis airs. Puis, les plumes crépissent, et le bourreau, sans se laisser attendrir, brûle avec une barre de fer les yeux de l'innocente créature. La blessure guérit; et comme pour se consoler de la perte de la lumière, pour se consoler de la douleur aiguë qu'il a ressentie, il chante !

On le met alors en face d'autres pinsons mutilés comme lui, et, entre tous ces malheureux, s'engage une lutte qui va jusqu'à la frénésie.

Ils chantent jusqu'à l'épuisement, jusqu'à ce que leur voix soit brisée ; ils chantent jusqu'à ce qu'ils aient réduit leurs rivaux au silence ; et souvent le vainqueur succombe d'épuisement au milieu de son triomphe.

Louis, qui connaissait l'histoire de ces charmeurs, ne put souffrir que sa société eût conservé des oiseaux pour être martyrisés par ces hommes cruels.

Il supplia son père de ne pas permettre cette récolte de futurs martyrs ; et, grâce à lui, le charmeur reçut l'ordre de rendre la liberté aux oiseaux qu'il avait déjà pris, et un procès-verbal fut dressé à sa charge, pour contravention à la loi et aux arrêtés sur la chasse.

TROIS NOUVEAUX LIVRETS.

Pour compléter son œuvre de protection, Louis voulait encore plus.

« Pourquoi, disait-il à son père, ne ferait-on pas pour les domestiques ce qu'on a bien voulu faire pour notre société ? Pourquoi ne pas accorder également une récompense au charretier qui montrera le plus de douceur à l'égard de ses chevaux ?

— Cela pourrra se faire plus

tard, répondait invariablement M. Dervin. Cependant, malgré cette promesse, à laquelle sans doute il n'attachait pas grande importance, il ne paraissait pas pressé de la tenir, lorsqu'une circonstance vint le décider tout à coup.

Le père Mathurin, fermier de Blainville, avait un domestique qui s'était attaché à un des chevaux qu'il conduisait Il le carressait sans cesse, et lui donnait force morceau de sucre.

Un jour, conduisant une voiture de pierres, il glissa et tomba à fort peu de distance de la roue, qui allait inévitablement le broyer. Il

poussa un *ho !* retentissant et dé-
sespéré.

Le cheval limonier, qui était celui
qui recevait ses caresses, en entendant ce cri, non-seulement s'arrêta,
mais encore fit en arrière un effort
si violent et si vif, qu'il imprima un
mouvement de recul aux deux chevaux de volée qui le précédaient.

Sauvé par l'instinct, par l'attache-
ment de son cheval, le charretier
donna aux assistants un spectacle
touchant et singulier. Il se préci-
pita à la tête de l'animal, qu'il
saisit entre ses bras, et se mit à lui
prodiguer des embrassements et des
caresses, en le remerciant tout haut

et les larmes aux yeux de lui avoir sauvé la vie.

Cette circonstance frappa tellement M. Dervin qu'il fonda un livret de caisse d'épargne de 30 fr., pour son propre compte, et destiné à récompenser le conducteur qui se sera le plus distingué par ses bons soins et ses bons traitements à l'égard des chevaux

Et M. le Curé, que l'on trouvait toujours associé aux bonnes œuvres et aux mesures qui avaient pour but l'amélioration des mœurs, en fonda deux autres, l'un de 20 fr., pour la servante qui se distinguerait par ses bons soins à l'égard des vaches laitières; le deuxième de 10 fr., pour servir de second prix à l'association des enfants pour la protection des oiseaux.

CONCLUSION.

Depuis cette fondation, plusieurs distributions ont été faites. Les lauréats sont choisis par le Conseil municipal, auquel s'adjoignent M. le Curé, M. Denis et les membres protecteurs.

Le petit Louis aurait eu chaque année le premier prix ; mais il ne concourrut plus, voulant laisser ce prix à d'autres qui ne sont guère moins méritants que lui.

La deuxième année, ce premier prix fut décerné à celui que nous connaissons sous le nom de Maurice le dénicheur. Les exhortations du chef de l'Association l'avaient ramené aux sages principes de la protection, et il en était devenu le lieutenant zélé.

La première année, le premier livret seulement avait été décerné au domestique du père Mathurin. Les suivantes, tous le furent. Chacun rivalisait de douceur et de bienveillance.

Et, conséquence toute naturelle, les mœurs s'adoucissent : les enfants ne se disputent plus comme autrefois; ils sont pleins de bienveillance les uns pour les autres, ils ne se moquent plus des vieillards et des estropiés ; ils sont obéissants, très-polis à l'égard de tout le monde et principalement des étrangers.

Les domestiques, parfois si grossiers, n'offrent plus de ces spectacles brutaux et tapageurs, souvent révoltants. Ils s'attachent davantage à leur maître et perdent cette disposition facile à le quitter, disposition plus nuisible à eux-mêmes qu'au maître.

En un mot, les idées de protection ont changé les mœurs de ce village, et plaise à Dieu que ces paroles soient bien comprises de

tous comme elles le sont là : Dieu
ne nous a pas donné deux cœurs,
l'un cruel pour les animaux, l'autre
bienveillant pour les hommes.

FIN

CHOIX
DE
FABLES POUR L'ENFANCE

Le Chant des Oiseaux

Que chantez-vous, petits oiseaux ?
Je vous regarde et vous écoute.
C'est Dieu qui vous a faits si beaux ;
    Vous le chantez sans doute.

Son nom vous anime en ces bois :
Vous n'en célébrez jamais d'autre.
Faut-il que mon ingrate voix
    N'imite pas la vôtre ?

Vos airs si tendres et si doux
Lui rendent tous les jours hommage.
Je le bénis bien moins souvent que vous,
    Et lui dois davantage.

               Le Père DE LATOUR.

La Chenille

Un jour, causant entre eux, différents animaux
    Louaient beaucoup le ver à soie :
Quel talent, disaient-ils, cet insecte déploie
En composant ces fils si doux, si fins, si beaux,
    Qui de l'homme font la richesse !
Tous vantaient son travail, exaltaient son adresse,
Une chenille seule y trouvait des défauts,
Aux animaux surpris en faisait la critique,
    Disait des mais et puis des si.
Un renard s'écria : Messieurs cela s'explique ;
    C'est que madame file aussi.

               FLORIAN.

La Feuille

« De ta tige détachée,
Pauvre feuille desséchée,
Où vas-tu ? — Je n'en sais rien :
L'orage a brisé le chêne
Qui seul était mon soutien.
De son inconstante haleine,
Le zéphyr ou l'aquilon
Depuis ce jour me promène
De la forêt à la plaine,
De la montagne au vallon.
Je vais où le vent me mène,
Sans me plaindre ou m'effrayer ;
Je vais où va toute chose,
Où va la feuille de rose
Et la feuille de laurier. »

Arnault.

Le Nid

Habitants du buisson, petits dont l'innocence,
Dont l'enfantine joie enchante ce séjour,
Quand, sous la blanche épine assise tout le jour,
Dans ce fragile nid que le zéphyr balance,
Je vois tant de bonheur, d'allégresse et d'amour,

Pensive je me dis : Tendre et frêle famille,
Que le Dieu protecteur des champs et des oiseaux
Fasse que dans ces lieux un jour pur toujours brille,
Que jamais de ces fleurs n'approche la faucille ;
Que la serpe jamais n'outrage ces berceaux !

Arbres hospitaliers, prêtez-leur vos ombrages !
Sur eux avec amour penchez vos bras amis :
Non, par moi vos secrets ne seront point trahis,
Et seule, chaque jour, rêvant dans ces bocages,
Je viendrai visiter, sous vos légers feuillages,
L'asile où j'ai compté quatre faibles petits.

Félicie d'Ayzac.

L'Ane sans Oreilles

Un Ane, je ne sais comment,
Qui se fit volontairement
Couper ses deux longues oreilles,
Est depuis ce moment un être tout nouveau :
Il s'aime, il se pavane et se trouve si beau,
Qu'il se mire dans chaque ruisseau ;
Bref, notre Ane se croit une des sept merveilles.
— Eh bien ! dit-il à son ami Médor,
J'ai quitté ma sotte coiffure ;
Me voilà comme toi : peut-on me dire encor
Qu'une difformité dépare ma figure ?
Toi même, là, sois franc, ne suis-je donc pas bien ?
— Ami, répond le chien,
Tu n'as plus qu'un défaut. — Et lequel ? — C'est de braire.
Des grâces de ton corps ton chant détruit l'effet.
Et si tu peux te résoudre à te taire,
Tu seras un âne parfait.　　　VERNEUIL.

L'Enfant et le petit Écu

Possesseur d'un petit écu,
Un enfant se croyait le plus riche du monde.
Le voilà qui fait voir son trésor à la ronde,
En criant galment : J'ai bien lu !
— A merveille, lui dit un sage ;
C'est le prix du savoir que vous avez reçu,
Du savoir tel qu'on peut le montrer à votre âge ;
Mais voulez-vous encore être heureux davantage ?
Aspirez, mon enfant au prix de la vertu ;
Vous l'aurez quand des biens vous saurez faire usage.»
L'enfant entendit ce langage ;
L'écu, d'après son cœur et sensible et bien né,
A rapporter le double est soudain destiné :
Avec le pauvre il le partage.
　　　　　AUBERT.

La Bergeronnette

Pauvre petit oiseau des champs,
Inconstante bergeronnette
Qui voltiges vive et coquette,
Et qui siffles tes jolis chants ;

Bergeronnette si gentille,
Qui tournes autour du troupeau ;
Par les prés sautille, sautille,
Et mire-toi dans le ruisseau !

Va, dans tes gracieux caprices,
Becqueter la pointe des fleurs,
Ou poursuivre au pied des génisses
Les mouches aux vives couleurs,

Reprends tes jeux, bergeronnette,
Bergeronnette au vol léger ;
Nargue l'épervier qui te guette !...
Je suis là pour te protéger,

C'est ton doux chant dont je raffole ;
Tu es un bon ami pour moi !
Bergeronnette, vole, vole,
Bergeronnette devant moi !   Cu. Dovalle.

Le Pinson et la Pie

« Apprends-moi donc une chanson,
Demandait la bavarde pie
A l'agréable et gai pinson.
Qui chantait au printemps sur l'épine fleurie.
    — Allez, vous vous moquez, ma mie ;
A gens de votre espèce, ah ! je gagerais bien
    Que jamais on n'apprendra rien.
    — Eh quoi ! la raison, je te prie ?
— Mais c'est que, pour s'instruire et savoir bien chanter,
    Il faudrait savoir écouter,
    Et babillard n'écouta de sa vie. »

Mme de la Ferandière.

Le Moineau et la Tourterelle

LE MOINEAU

Comment se fait-il donc, ma sœur,
Que l'on t'aime, qu'on me rejette ;
Que l'on t'accueille avec douceur,
Qu'avec humeur on me maltraite ?
Cependant je suis plus adroit,
Je puis, par mainte gentillesse,
Charmer le maître et la maitresse :
J'ai cent fois plus d'esprit que toi.

LA TOURTERELLE

C'est, mon frère, qu'on vous accuse
D'être un gourmand d'être un voleur ;
Vous prenez ce qu'on vous refuse.
Moi, ce qu'on m'offre de bon cœur.
Vous avez plus d'esprit, mon frère,
Plus d'adresse, plus de savoir ;
Mais lorsqu'on l'emploie à mal faire,
Il vaut mieux n'en point avoir.

GRENUS.

Le Cheval et le Taureau

Un cheval vigoureux, monté par un enfant,
Semblait s'en amuser au milieu d'une plaine,
Tantôt effleurant l'herbe à peine,
Tantôt sautant, caracolant.
— Quoi ! lui dit un taureau mugissant de colère,
Un écuyer pareil te gouverne à son gré !
Comment n'en être pas outré !
Va, fais-lui mordre la poussière.
— Moi, répond le noble coursier,
Ce serait là vraiment un bel exploit de guerre !
Aurais je à me glorifier
De jeter un enfant par terre ?   LE BAILLY

Les Nids d'Oiseaux

Oh ! ne déniche point les oiseaux dans tes jeux !
Les oiseaux ont de Dieu reçu leur existence ;
C'est Dieu qui leur apprend dans sa toute-puissance
A tresser sans effort leur nid si gracieux.

Les oiseaux comme nous ressentent la souffrance ;
Cher enfant, que dirait ta pauvre mère un jour,
Si de ce petit lit où fleurit ton enfance,
Quelque méchant t'allait ravir à son amour ?

Ta mère pleurerait, et, pleine de tristesse,
Elle t'appellerait, hélas ! peut-être en vain ;
Et toi, de qui la joie est toute en sa tendresse,
Et toi, que dirais-tu, Georges le lendemain ?

Prends donc aussi pitié de la frêle famille
Qui dort sous les rameaux ou dans le vert gazon,
De ce jeune oisillon qui grouille et qui sautille,
Et n'a point peur de toi parce qu'il te croit bon.

Enfant, si dans ton cœur la charité demeure,
Le ciel te laissera ta mère à caresser,
Et ton ange viendra de sa sainte demeure
Auprès de ton chevet chaque nuit se poser.

Mlle Louisa STAPPAERTS.

La Brebis et le Chien

La brebis et le chien, de tous les temps amis,
Se racontaient un jour leur vie infortunée.
« Ah ! disait la brebis, je pleure et je frémis
Quand je songe aux malheurs de notre destinée.
Toi, l'esclave de l'homme, adorant des ingrats,
    Toujours soumis, tendre et fidèle,
    Tu reçois pour prix de ton zèle,
    Des coups et souvent le trépas.
    Moi, qui tous les ans les habille,

Qui leur donne du lait et qui fume leurs champs,
Je vois chaque matin quelqu'un de ma famille
   Assassiné par ces méchants.
Leurs confrères les loups devorent ce qui reste.
   Victimes de ces inhumains,
Travailler pour eux seuls et mourir par leurs mains,
   Voilà notre destin funeste !
— Il est vrai, dit le chien, mais crois-tu plus heureux
   Les auteurs de notre misère ?
   Va, ma sœur, il vaut encor mieux
   Souffrir le mal que de le faire. »

FLORIAN.

Le Nid

De ce buisson de fleurs approchons-nous ensemble.
Vois-tu ce nid posé sur la branche qui tremble ?
Pour le couvrir vois-tu ces rameaux se ployer ?
Les petits sont cachés dans leur couche de mousse :
Ils sont tous endormis...Oh ? viens, ta voix est douce,
   Ne crains pas de les effrayer,

De ses ailes encor la mère les recouvre.
Son œil appesanti se referme et s'entr'ouvre,
Et son amour longtemps lutte avec le sommeil ;
Elle s'endort enfin...Vois comme elle repose !
Elle n'a rien pourtant qu'un lit sous une rose,
   Et sa part de notre soleil.

Vois, il n'est point de vide en son étroit asile :
A peine s'il contient sa famille tranquille ;
Mais là, le jour est pur et le sommeil est doux,
C'est assez, elle n'est ici que passagère,
Chacun de ses petits peut réchauffer son frère,
   Et son aile les couvre tous.

ÉMILE SOUVESTRE.

Le Nid de Fauvette

Je le tiens, ce nid de fauvette :
Ils sont deux, trois, quatre petits !
Depuis si longtemps je vous guette !
Pauvres petits, vous voilà pris !

Criez, sifflez, petits rebelles,
Débattez-vous ; oh ! c'est en vain,
Vous n'avez pas encore vos ailes,
Comment vous sauver de ma main ?

Mais quoi ! n'entends-je pas leur mère
Qui pousse des cris douloureux ?
Oui, je le vois, oui, c'est leur père
Qui vient voltiger autour d'eux.

Et c'est moi qui cause leur peine,
Moi qui, l'été, dans ces vallons,
Venais m'endormir sous un chêne,
Au bruit de leurs douces chansons !

Hélas ! si du sein de ma mère
Un méchant venait me ravir,
Je le sens bien, dans sa misère,
Elle n'aurait plus qu'à mourir.

Et je serais assez barbare
Pour vous arracher vos enfants !
Non, non, que rien ne vous sépare :
Non, les voici ! je vous les rend.

Apprenez-leur, dans le bocage,
A voltiger auprès de vous :
Qu'ils écoutent votre ramage,
Pour former des sons aussi doux.

Et moi, dans la saison prochaine,
Je reviendrai dans ces vallons,
Dormir quelquefois sous un chêne
Au bruit de leurs jeunes chansons.

BERQUIN.

L'Enfant dénicheur

Les enfants ont toujours la manie, an jeune âge,
    De dénicher et merles et pinsons,
    Et toute sorte d'oisillons.
  Sur trente qu'ils mettent en cage,
A peine un seul survit, et certes c'est dommage :
    Moins d'oiseaux et moins de chansons,
    Moins de plaisir dans le bocage ;
  Mais aux enfants qu'importe le ramage ?
    C'est l'oiseau qu'ils veulent tenir ;
    C'est leur manière de jouir.
Et plus d'un homme fait n'en sait pas davantage.

Un marmot s'en vint donc apporter tout joyeux,
    Un nid de fauvette à sa mère ;
    Jamais il ne fut plus heureux.
    Bonheur si grand ne dure guère.
    Le même soir un jeune chat
    Fit son souper de la nichée.
  L'enfant pleura, cria, fit un tel sabbat,
Qu'on aurait dit une Hélène enlevée ;
    Et la mère de dire alors :
    « Pourquoi ces pleurs, cette colère ?
    De quel côté sont donc les torts ?

Le chat n'a fait, mon fils, que ce qu'il t'a vu faire.
Tu fus bien plus cruel à l'égard des parents
    De tous ces oiseaux innocents :
    Juge de leur douleur amère,
    Par la peine que tu ressens.
Les maux que nous causons doivent être les nôtres ;
    Mon fils, quand tu voudras jouir,
    Fais en sorte que ton plaisir
    Ne soit pas le tourment des autres. »

VITALIS.

L'Enfant et les Fleurs

Dans une riante prairie
Un jeune enfant jouait parmi les fleurs ;
Attiré par l'éclat de leurs vives couleurs,
D'en cueillir un bouquet il lui prit fantaisie.
« Redoutez de ces bords les attraits dangereux,
  Lui dit quelqu'un du voisinage,
Ces gazons sont remplis d'insectes venimeux. »
L'enfant n'en tient pas compte, il poursuit ; à cet âge
  On entend rarement raison ;
Mais, en glissant sa main près d'une violette,
D'une couleuvre il sent la piqûre secrete,
  Qui l'infecte de son poison.
  L'enfant que la douleur éveille,
Apprit à ses dépens qu'il en coûte parfois,
Lorsqu'aux sages avis on fait la sourde oreille,
Et que du plaisir seul on écoute la voix.

GRENUS.

Le petit Savoyard

LE DÉPART

« Pauvre petit, pars pour la France ;
Que te sert mon amour, je ne possède rien.
On vit heureux ailleurs, ici dans la souffrance ;
  Pars, mon enfant, c'est pour ton bien.

  Tant que mon lait put te suffire,
Tant qu'un travail utile à mes bras fut permis,
Heureuse et délassée en te voyant sourire,
  Jamais on n'eût osé me dire
  Renonce aux baisers de ton fils..

Mais je suis veuve ; on perd sa force avec la joie ;
  Triste et malade, où recourir ici ?
Où mendier pour toi ? chez des pauvres aussi !
Laisse ta pauvre mère, enfant de la Savoie ;
  Va, mon enfant, où Dieu t'envoie.

Mais si loin que tu sois, pense au foyer absent ;
Avant de le quitter, viens, qu'il nous réunisse,
Une mère bénit son fils en l'embrassant :
    Mon fils, qu'un baiser te bénisse.

    Vois-tu ce grand chêne là-bas ?
Je pourrai jusque-là t'accompagner, j'espère.
Quatre ans déjà passés, j'y conduisis ton père,
    Mais lui, mon fils, ne revint pas.

Encor s'il était là pour guider ton enfance,
Il m'en coûterait moins de t'éloigner de moi ;
Mais tu n'as pas dix ans et tu pars sans défense...
    Que je vais prier Dieu pour toi !

Que feras-tu, mon fils, si Dieu ne te seconde ?
Seul parmi les méchants, car il en est au monde ;
Sans ta mère, du moins ; pour t'apprendre à souffrir...
Oh ? que n'ai-je du pain, mon fils, pour te nourrir !

Mais Dieu le veut ainsi, nous devons nous soumettre ;
    Ne pleure pas en me quittant ;
Porte au seuil des palais un visage content.
Parfois mon souvenir t'affligera peut-être...
Pour distraire le riche il faut chanter pourtant.

Chante ; tant que pour toi la vie est moins amère,
Enfant, prends ta marmotte et ton léger trousseau,
Répète, en cheminant, les chansons de ta mère
Quand ta mère chantait autour de ton berceau.

Si ma force première encore m'était donnée,
J'irais, te conduisant moi-même par la main ;
Mais je n'atteindrais pas la troisième journée ;
Il faudrait me laisser bientôt sur ton chemin :
Et moi, je veux mourir aux lieux où je suis née.

Maintenant de ta mère entends le dernier vœu :
Souviens-toi, si tu veux que Dieu ne t'abandonne,
Que le seul bien au pauvre est celui qu'on lui donne,
Prie, et demande au riche ; il donne au nom de Dieu.
Ton père le disait ; sois plus heureux ; adieu. »
Mais le soleil tombait des montagnes prochaines,

Et la mère avait dit : « Il faut nous séparer ; »
Et l'enfant s'en allait à travers les grands chênes,
Se tournant quelquefois et n'osant pas pleurer.

ALEX. GUIRAUD.

Le petit Savoyard

PARIS

J'ai faim : vous qui passez, daignez me secourir.
Voyez : la neige tombe, et la terre est glacée,
J'ai froid : le vent se lève, et l'heure est avancée,
    Et je n'ai rien pour me couvrir.

Tandis qu'en vos palais tout flatte votre envie,
A genoux sur le seuil, j'y pleure bien souvent.
Donnez, peu me suffit ; je ne suis qu'un enfant ;
    Un petit sou me rend la vie.

On m'a dit qu'à Paris je trouverais du pain.
Plusieurs ont raconté dans nos forêts lointaines,
Qu'ici le riche aidait le pauvre dans ses peines ;
Eh bien ! moi, je suis pauvre et je vous tends la main.

    Faites-moi gagner mon salaire.
Où me faut-il courir ? dites, j'y volerai.
Ma voix tremble de froid ; eh bien ! je chanterai,
    Si mes chansons peuvent vous plaire.

    Il ne m'écoute pas, il fuit ;
Il court dans une fête (et j'en entends le bruit)
    Finir son heureuse journée ;
Et moi, je vais chercher, pour y passer la nuit,
    Cette guérite abandonnée.

Au foyer paternel quand pourrai-je m'asseoir ?
    Rendez-moi ma pauvre chaumière,
Le laitage durci qu'on partageait le soir,
Et, quand la nuit tombait, l'heure de la prière
Qui ne s'achevait sans laisser quelque espoir.

Ma mère, tu m'as dit, quand j'ai fui ta demeure :
Pars, grandis et prospère, et reviens près de moi. .
Hélas ! et tout petit, faudra t-il que je meure
    Sans avoir rien gagné pour toi ?
    Non, l'on ne meurt point à mon âge ;
Quelque chose me dit de reprendre courage...
Eh ! que sert d'espérer ?... que puis-je attendre enfin ?
J'avais une marmotte ; elle est morte de faim.

Puis, faible, sur la terre il reposait sa tête :
Et la neige en tombant le couvrait à demi,
Lorsqu'une douce voix, à travers la tempête,
Vint réveiller l'enfant par le froid endormi.

    Qu'il vienne à nous celui qui pleure,
Disait la voix mêlée au murmure des vents ;
    L'heure du péril est notre heure :
    Les orphelins sont nos enfants.

Et deux femmes en deuil recueillaient sa misère.
Lui, docile, confus, se levait à leur voix ;
Il s'étonnait d'abord ; mais il vit dans leurs doigts
Briller la croix d'argent au bout d'un long rosaire ;
Et l'enfant les suivit en se signant deux fois.

                  ALEX. GUIRAUD.

Les Adieux de Marie Stuart

Adieu, charmant pays de France,
    Que je dois tant chérir !
Berceau de mon heureuse enfance,
Adieu ! te quitter c'est mourir.

Toi que j'adoptai pour patrie,
Et d'où je dois me voir bannir,
Entends les adieux de Marie,
France, et garde son souvenir.

Le vent souffle, on quitte la plage ;
Et peu touché de mes sanglots,
Dieu, pour me rendre à son rivage,
Dieu n'a point soulevé les flots !

Lorsqu'aux yeux du peuple que j'aime,
Je ceignis les lis éclatants,
Il applaudit au rang suprême
Moins qu'aux charmes de mon printemps.
En vain la grandeur souveraine
M'attend chez le sombre Écossais,
Je n'ai désiré d'être reine
Que pour régner sur des Français.

L'amour, la gloire, le génie
Ont trop enivré mes beaux jours
Dans l'inculte Calédonie
De mon sort va changer le cours.
Hélas ! un présage terrible
Doit livrer mon cœur à l'effroi :
J'ai cru voir dans un songe horrible
Un échafaud dressé pour moi.

France, du milieu des alarmes,
La noble fille des Stuarts,
Comme en ce jour qui voit ses larmes,
Vers toi tournera ses regards.
Mais, Dieu ! le vaisseau trop rapide
Déjà vogue sous d'autres cieux,
Et la nuit, dans son voile humide,
Dérobe tes bords à mes yeux !

Adieu, charmant pays de France,
    Que je dois tant chérir !
Berceau de mon heureuse enfance,
Adieu ! te quitter c'est-mourir.

TABLE DES MATIÈRES

CHOIX DE FABLES POUR L'ENFANCE

Chalon-sur-Saône, imprimerie L. LANDA.

EN VENTE A LA MÊME LIBRAIRIE

Histoire de France élémentaire, à l'usage des Écoles primaires, par J.-B. PAQUIER, professeur agrégé d'histoire et de géographie ; 1 vol. in-18. . . . 0,85

Géographie physique, politique et économique du département de Saône-et-Loire, par A. BURKER, conducteur des Ponts-et-Chaussées, et J.-B. PAQUIER, professeur agrégé d'histoire et de géographie ; 1 vol. in-18 (6e édition). 0,85

Barême agricole pour l'évaluation des récoltes, les expertises et les états statistiques à fournir par les communes à l'administration, en cas de pertes, 1 vol. in-18. 0,75

Tenue des livres (cours théorique et pratique) en partie simple et partie double, par B. ROCHE, ancien maître de pension, 2 vol. in-18, 1re et 2e partie, (Élève) chaque volume 1,25
Partie du maître, 1 vol. in-8°. . . . . . 5,»»

Méthode graduée et grammaticale, pour apprendre promptement à lire, par CH. A. ROYER, instituteur, 1 vol. in-12 relié. 0,60

Arithmétique décimale, traité élémentaire, contenant toutes les opérations ordinaires appliquées au système métrique, avec 1,500 problèmes. Augmenté du *système de réduction dite à l'unité*, pour résoudre les problèmes sans le secours des proportions, par J.-M.-N.-L. THOMASSON. *Douzième édition*, entièrement revue et corrigée, par G. BOVIER-LAPIERRE, professeur à l'école normale spéciale de Cluny, 1 vol. in-18 relié. 0,85

Douceur et Justice, essai sur la loi Gramont, par C. DRAGUE et C. VENDRYES ; second livre de lecture, destiné à inspirer aux enfants ce sentiment de charité universelle qui est la première qualité de l'homme et du chrétien, 1 vol. in-12 relié. . 1,25

Méthode de lecture, adaptée à l'ancienne épellation et à la nouvelle, par S.-A. NONUS, ornée d'un grand nombre de gravures, grand in-18 piqué. . . 0,25

www.ingramcontent.com/pod-product-compliance
Lightning Source LLC
Chambersburg PA
CBHW070901030726
47504CB00005B/1420